삶의 지평선을 바라보며

삶의 지평선을 바라보며

삶의 지평선을
바라보며

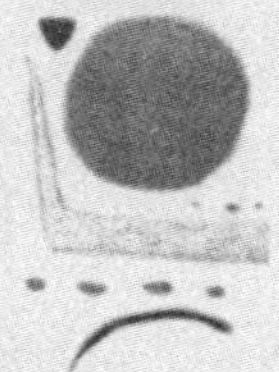

최광웅 경영에세이

모아드림

우수 지나 봄을 재촉하는 비가 촉촉히 내리고 있던 밤, 나는 쉽게 잠을 이루지 못했다. 봄비를 맞은 나무와 풀들은 머지않아 아름다운 꽃망울을 터뜨리겠지만 청춘을 온전히 바쳤던 공간을 떠나 새로운 일을 해야 한다는 것을 생각하니 아쉬움과 설레임이 교차하였다. 그랬다. 나는 겨울 동안 중심이동을 하기 위해 과거를 정리하고 새로운 여장을 꾸렸는지 모른다.

철강회사에 다니면 철들 것이라는 막연한 생각으로 포스코에 입사해 앞뒤 안 보고, 때로는 얼굴에 철판 깔고 지나온 지 어언 34년. 나는 농부의 아들로서 벼는 농부의 발걸음 소리를 듣고 자란다는 말을 굳게 믿었고, 성실성과 열정만이 내가 기댈 수 있는 유일한 배경이라고 생각하며 살았다. 직장생활을 하는 동안 운도 따랐다. 무엇보다도 좋은 인연들을 많이 만들어 서로 의지하면서 동고동락하는 동안 회사는 세계적인 회사로 성장했고, 나도 직장 초년에 생각했던 목표 이상을 달성할 수 있었다.

정들었던 공간을 떠나면서 그동안 동료들과 온몸으로 부대끼며 고뇌하고, 때로는 속상해 하고 절망하면서 얻어진 삶의 편린(片鱗)들을 부분적이나마 기록하고 싶었다. 새로운 출발을 준비하는 과정에서 영원한 동반자인 아내에게, 자녀에게, 후배에게, 그리고 동시대를 살았던 동료들에게 어느 평범한 직장인의 삶이 묻어나는 이야기를 조금이나마 들려주고 싶었다.

여기에 쓴 글들은 나의 일상생활 속 단상(斷想), 체험, 또한 공감했던 시, 명언 등에 기댄 것들이다. 난생처음 마치 학생시절 숙제를 하듯 글을 써보면서 세상에는 사랑해야 할 것들, 감사해야 할 일이 너무 많음을 알았다. 뿐만 아니라 버려야 할 것들과 내게 부족한 부분이 너무 많다는 것을 새삼 깨달았다.

나는 모든 게 변하는 거라고 믿는다. 또한 시작도 과정도 마무리도 모두 중요하고, 특히 마무리는 또 다른 시작이라고 생각한다. 길이 끝나는 곳에서 길이 다시 시작된다는 말을 나는 좋아하고 믿는다. 선배가 아닌 기획부문 후배들이 입을 모아 내게 해 준 말이 새삼 마음에 새겨진다. 앞으로 내가 가는 길이 단순하고 소박하지만 따스한 길이었으면 좋겠다. 그리하여 그 길가에 사람들의 발길이 잦아진다면 세상은 그만큼 아름다워질 것이고 나 또한 즐거울 수 있을 것이라 믿는다.

2005년 새봄

최 광 웅

■ 저자 서문

1부
인생은 시냇물처럼

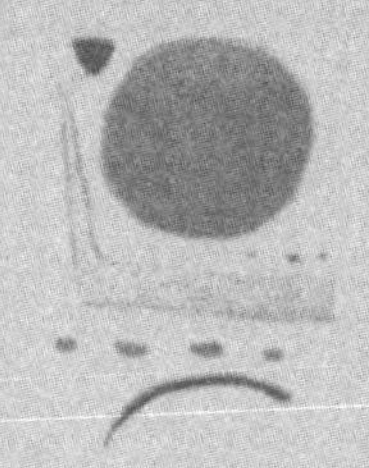

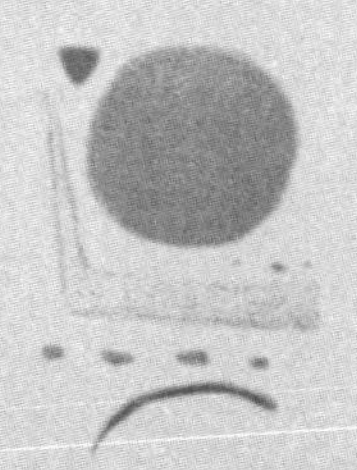

4부
일관제철소와 오케스트라

1부 _ 인생은 시냇물처럼

몇 년 전 식탁에서 모처럼 한가족이 모여 대화를 하다가 아내가 억척으로 챙겼더라면 하는 마음으로 "너희들이 일류대학에 갔으면 아빠의 체면이 더 올라갔을 텐데?" 하고 말했다가 집단으로 항의(?)를 받았다. "아빠는 무슨 소리예요. 우리 셋이 이만큼 신체 건강하고 부모님 말씀 잘 듣고, 형제간 우애 있게 잘 지내는데 왜 그러세요." 라고 말이다. 아차, 실수했구나 싶었다.

나의 선택, 나의 인생

태어나는 것은 자신의 선택과 무관하지만, 사람은 누구나 살아가면서 여러 가지 선택에 놓여진다. 어떤 영화를 보느냐의 취미에서부터 점심으로 자장면과 짬뽕 중에서 무엇을 먹을 것인지, 어느 학교와 회사를 들어가느냐와 같은 인생의 진로를 바꾸는 중요한 선택에 이르기까지 매순간이 선택의 연속이다.

미국의 시인 로버트 프로스트의 「가지 않는 길」은 60여 년이 지난 지금까지 많은 사람들의 입으로 회자되곤 하는데, 그만큼 선택이 어렵기 때문일 것이다. 프로스트는 시에서 "훗날에 훗날에 나는 어디에선가 이 이야기를 할 것입니다. 숲 속에 두 갈래 길이 갈라져 있었다고, 나는 사람이 적게 간 길을 택하였

고, 그것으로 해서 모든 것이 달라졌다고…" 라고 노래하였다.

돌아보면 나도 개인적인 일이나 업무로 수많은 선택을 하면서 살아왔다. 많은 것 중에 하나만을 선택해야 하는 일은 신이 내린 형벌일는지도 모른다. 수많은 선택 가운데 지금까지 살아오면서 나는 세 가지 선택을 상당히 잘 했다고 생각한다.

첫 번째는 대학 선택이었다. 부모님은 안정적인 직장을 가질 수 있는 대학에 입학하기를 원하셨으나 나는 고려대학교를 선택하였다. 촌놈이 사립학교에 입학하여 유학생활을 해야 하는 일은 빠듯한 살림에 큰 부담이었다. 그러나 부지런하게 학비를 벌며 몰두한 학업 시절의 어려움이 오늘날의 나를 만들어 준 밑거름이 되었다고 생각한다. 특히 힘든 일이 닥쳤을 때 앞으로 나아가는 도전정신과 패기는 모교 학풍에서, 그리고 근면, 성실, 조직 적응력은 선후배의 동창애를 통해 은연중 깃들게 된 내 삶의 기반이라 할 수 있다.

두 번째는 직장이었다. 1971년 초 졸업 후, J은행과 포스코 가운데 한 곳을 선택해야 하는 상황이었다. 그 당시 은행은 비교적 안정적이고 남에게 말하기에도 좋은 직장이었던 데 비해 포스코는 1968년 막 창립되어 아직 걸음마 단계에 있던 회사였다. 산업입국을 향한 온 국민의 열망 속에서 출발한 신생회사였다. 나는 국가경제에 기여한다는 사명감을 가지고 사람이 적게 간 길, 그래서 더더욱 가야 한다는 생각에 포스코를 선택하였다. 그 결과 성실한 근무 자세로 회사와 함께 지금까지 성장하였다.

세 번째는 아내 강순이를 선택한 것이다. 내가 회사 일에 몰두하면서 화목한 가정도 동시에 꾸릴 수 있었던 것은 모두 아내 덕분이다. 참으로 고마운 큰 선택 중의 하나라고 생각한다. 아내가 우리 가정, 부모 형제와의 우애, 주변 사람들과의 돈독함을 잘 다져주어서 내가 편안하게 조직생활을 할 수 있었던 것이다. 그리고 그 무엇보다도, 남편이 세상에서 제일 훌륭하고 유능한 사람이라고 착각에 빠져 있는 아내로 해서 오늘의 내가 있게 된 것이라고 믿는다.

그러고 보면 나는 인생에서 가장 중요하다고 할 수 있는 세 가지 선택을 비교적 현명하게 잘한 셈이다. 삶의 기본 소양을 쌓을 수 있었던 대학, 신명을 받쳐 일할 수 있었던 직장, 평생의 반려자인 아내, 앞으로 또 어떤 길이 내 앞에 나타날지 모르겠지만 프로스트처럼 아름다운 길을 선택했었노라고 자신 있게 말하고 싶다.

영원한 마음의 고향 김제중학

호남선을 타고 목포나 광주로 내려가다가 어느 지점에 이르러 문득 창 밖을 내다보면 시야가 환히 트이는 것을 느낄 수가 있다. 더구나 가을철에 황금 벼이삭들이 바람에 넘실거리는 모습은 자연이 연출하는 가장 아름다운 교향곡처럼 느껴진다. 곡창지대인 김제 평야는 우리나라에서 유일하게 하늘과 땅이 맞닿아 있는 곳이어서 몇 년 전부터 김제시는 지평선 축제를 열고 있다.

내 고향 전라북도 김제 백산면은 농촌 마을이다. 엄밀히 말하면 김제시에서 4Km 떨어진 사방이 온통 논밭으로 둘러싸인 평화로운 마을이다. 1958년 그 곳에서 졸업생이라고는 28명밖

에 안 되는 초등학교를 졸업하여 시내를 한번도 가 보지 못한 채 김제중학교에 입학하였다. 학교는 집에서 왕복 12Km 지점에 있어 비가 오는 여름의 진창길, 눈 내리는 추운 겨울의 혹한 속을 3년 내내 걸어 다녀야만 했다. 그리고 그 길을 걸으며 새벽에 서리가 하얗게 내린 콩밭에서 콩도 뽑고 못자리도 봐주는 등 간간이 농사일을 돌보면서 3년 개근상을 탔다.

한눈 팔지 않고 열심히 공부한 결과 학교에선 1,2등을 다투었는데, 내 인생에서 가장 열심히 생활한 모습으로 스스로도 대견하다는 생각이 드는 시절이었다. 그때도 지금도 나는 음치지만 중학교 음악시간에 배운 동요와 가곡을 가지고 지금까지 회식시간을 버티는 것은 물론이고, 달달 외운 1학년 영어 교과서 내용을 지금까지도 생생하게 기억하고 있다.

나는 사회 생활이 힘들고 지칠 때마다 중학교의 교정과 친구들의 얼굴을 떠올리며 의지하곤 했는데, 내 삶의 원형을 제공해 준 그 김제중학교와 몇 년 전에 다시금 작은 연을 맺게 되었다.

시작은 이러하다. 지난 2003년 7월 이웃돕기 유공자 포상식에서 사회공헌 활동에 앞장선 회사 임직원을 대표해 내가 국민훈장 목련장을 받게 되었다. 포스코 임직원들이 사회의 각 분야에서 소리 없이 사랑과 봉사를 실천한 것에 대한 평가로 상을 받게 된 것이다. 나는 과연 상을 받을 자격이 있는가 스스로 자문해 보았다. 회사를 대표해 받는 것도 계면쩍었지만, 세상에 보이지 않게 사랑을 실천하는 훌륭한 분들이 너무 많다는 것을 잘 알기 때문에 더욱 민망했다. 이렇게 훈장을 받은 것을 계기로 사회에 환원하는 실질적인 방법에 대해 진지하게 고민해 보는 계기가 되었다.

고민하다 떠올린 곳이 바로 김제중학교였다. 지금까지 가장 열심히 살았다고 할 수 있는 중학교 생활에 애정을 많이 가지고 있었기에, 공부 열심히 하고 성실하게 생활하는 후배들에

게 장학금을 지급하면 좋겠다는 생각을 하게 된 것이다. 아내
와 상의한 결과 고맙게도 그녀의 흔쾌한 지원을 받게 되었다.

내가 세상을 향해 아직 여린 새싹의 파릇한 꿈을 키워나가
던 교정에서 대를 이어 후배들이 성장한다고 생각하니 마치
또 다른 내가 다시 학교에 다니는 듯한 기분이 들었다. 비록
많지 않은 액수지만 한 해 4명씩 10년 동안 최광웅의 머릿글
자와 강순이의 머릿글자를 따 '최강 장학금' 이라는 이름으로
지원하기로 결정하였다. 이 결정으로 나는 김제중학교에서 일
약 훌륭한 선배가 되었다.

모르긴 몰라도 장학금을 지원하는 10년 동안은 내내 기분이
흐뭇하여 입가에 웃음이 떠나지 않을 것 같다.

나의 목표는 부장

촌놈 출신인 나의 포스코 입사시 목표는 부장이었다. 그런데, 부장을 넘어 부사장이 되었으니 목표를 엄청 초과 달성한 셈이다.

전라북도 김제에서 농부의 아들로 태어난 나는 전주고등학교 입학 시험 볼 때 전주에 처음 가 보았고, 대학교 입학 시험 볼 때 서울에 처음 가 본 우물 안 개구리였다.

모든 것이 어설펐던 시절 나는 포항에서 신입사원 시절을 보냈고, 또 알콩달콩 신혼생활을 시작했다. 우리 아이들도 포항에서 태어나서 성장했으므로 어떻게 보면 나에게 포항은 제2의 고향이라고 할 수 있다.

　일가친척 없는 낯선 포항에 첫발을 내딛으면서 나는 회사의 부장을 목표로 열심히 일해 인정받겠다고 다짐하였다. 당시 뒷배경이 전혀 없던 나는 성실성과 실력, 그 성과만이 스스로를 보장해 준다는 생각을 가지고 있었다. 경영기획 분야에서 세계 속의 철강업과 철강 수요 산업, 포스코의 나아갈 바를 위해 움직이다 보니 어느 날 과장이 되었고, 처음 목표했던 부장이 되었으며, 포스코 부사장까지 되었다.

　나의 직장생활을 되돌아보았을 때, 목표를 초과 달성할 수 있었던 힘은 대체 어디서 나온 것일까? 소위 말하는 비빌 언덕이 없었기 때문이 아닌가 하는 생각이 든다. 뒤에서 특별히 봐주는 배경이 없으므로 열심히 일할 수밖에 없었고, 내 자신에게 의지할 수밖에 없었던 것이다. 나에게 든든한 빽이 없었던 것이 가장 큰 빽이었고 그것이 나를 성장시킨 가장 큰 요인이었다.

　다른 요인을 하나 더 꼽으라면, 내가 일하고 있는 부서에 있다고 하겠다. 경영환경 변화요인을 찾아 환경에 대응하는 방법을 회사 차원에서 종합, 기획하는 참모부서에서 근무하다 보니 결과적으로 나도 변화된 환경에 적응하기 위해 더 열심히 공부할 수밖에 없었다. 스스로 환경에 맞게 자신을 변화시킨 점도 중요한 이유이다.

어떤 학자가 미국과 일본, 한국의 문화에 대해 분석한 글을 본 적이 있다. 미국은 개인주의가 발달된 문화, 일본은 조직을 중시하는 문화, 한국은 연분을 중시하는 선의 문화라고 진단한 내용이었는데 공감이 갔다. 학연과 지연, 혈연 등 우리 사회에는 너무 많은 선들로 연결되어 있다. 이러한 선의 문화가 어느 정도 장점은 있지만 객관성을 해치는 부작용을 낳기도 하였다. 인사(人事)가 만사라는 말도 있지만 영향력 있는 썩은 줄을 타고 내려온 사람치고 여지껏 성공한 사람을 나는 보지 못했다. 일시적으로 영향력 있는 인사가 들어와 어떤 문제에 대한 해결사로, 또는 일정기간은 좋은 위치에서 일을 할 수는 있지만 그것은 어디까지나 일회성에 불과하다. 그런 자리의 그런 사람이 조직 속에서 지속적으로 성장하는 경우는 거의 보지를 못했다.

기업뿐만 아니라 세상을 살아가면서 나름대로 성공하는 삶을 원한다면 남에게 의지할 것이 아니라, 자신을 믿고 자신의 능력을 키워 자신의 삶을 개척하는 자세가 필요하지 않을까.

무엇이 진정한 성공인가

우리 사회는 언제부터인가 '성공 신드롬'을 심하게 앓고 있다. 명문대학을 졸업해야만 사람 대접을 받고, 소위 '사' 자가 들어가는 직업을 갖거나 일류 회사를 들어가야 좋은 신랑, 신부감으로 그 존재를 인정받는다.

성공에 대한 사회의 가치기준이 이처럼 편협하게 한쪽으로 쏠리다 보니 대학수능시험에서 휴대전화 메일을 이용한 부정행위 같은 일도 저질러지고, 한창 꿈을 가꾸고 키워나가야 할 청소년들이 시험성적 때문에 자살을 하기도 하는 것이다.

'무엇이 진정한 성공인가?' 이 질문에 대해 나도 수시로 생각해 보지만 아직까지 그 명확한 해답을 얻지 못하고 있다. 언론을 통해 사회적으로 저명한 인사들이 한강에 투신하거나 자살하는 모습을 볼 때면 더더욱 답답증을 느낀다.

어떤 사람들은 남들이 부러워하는 지위나 명예를 얻고서도 성공하지 못했다 생각하고, 또 어떤 이들은 소박한 삶을 살면서도 자신의 생에 대해 후회 없는 삶을 살았노라 만족감을 표시한다.

진정한 성공에 관한 해답은 사람들이 영원히 풀어야 할 과제가 아닐까? 그래서 사람들은 그 답을 모르기에 열심히 살 수밖에 없는지도 모르겠다.

나는 몇 년 전 책을 통해 우연히 '무엇이 진정한 성공인가'에 대한 나름의 어렴풋한 답을 구할 수 있었다. 지금으로부터 123년 전, 왈도 에머슨이 시의 형태로 제시한 인생 성공의 정의를 보고 나는 감탄하고 전적으로 공감하였다.

그의 시에 따르면 성공은 결코 복잡하거나 얻기 힘든 것이 아니다. 우리의 일상 속에서 그 모습을 얼마든지 찾을 수 있고, 발견할 수 있다고 하였다.

에머슨은 자주 그리고 많이 웃는 것이 성공이요, 친구의 배반을 참아 내는 것도 성공이요, 아름다움을 식별할 줄 알고 다른 사람에게서 최선의 것을 발견하는 것도 성공이요, 무엇보다도 자신이 이 세상에 한때 살았음으로 해서 한 사람의 인생이라도 행복해지는 것, 이것이 진정한 성공이라고 말한다. 얼마나 공감이 가는 말인가. 나는 이 시를 수시로 꺼내 보고 가까운 동료들에게 서신이나 이메일로 보내기도 한다.

Success

To laugh often and much;

to win the respect of intelligent people

and the affection of children;

to earn the appreciation of honest critics

and endure the betrayal of false friends;

to appreciate beauty; to find the best in others;

to leave the world a bit better,

whether by a healthy child,

a garden patch

or a redeemed social condition;

to know even one life has breathed easier

because you have lived.

This is to have succeeded.

— Ralph Waldo Emerson

무엇이 성공인가

자주 그리고 많이 웃는 것

현명한 이에게 존경을 받고

아이들에게서 사랑을 받는 것

정직한 비평가의 찬사를 듣고

친구의 배반을 참아내는 것

아름다움을 식별할 줄 알며

다른 사람에게서 최선의 것을 발견하는 것

건강한 아이를 낳든

한 뙈기의 정원을 가꾸든

사회 환경을 개선하든

자기가 태어나기 전보다

세상을 조금이라도 살기 좋은 곳으로

만들어 놓고 떠나는 것

자신이 한때 이곳에 살았음으로 해서

단 한 사람의 인생이라도 행복해지는 것

이것이 진정한 성공이다

— 랄프 왈도 에머슨, 1803~1882

가슴에 품고 있는 사명서

　나는 평소 좋은 글, 시, 명언 등을 스크랩하기를 좋아한다. 그래서 이메일을 보다가, 신문이나 책을 읽다가 맘에 드는 글귀나 인생의 지침이 될만한 문구가 나오면 복사를 하거나 꼭 오려 놓는다. 책상 위는 내 손길을 기다리는 누렇게 색이 변한 이러한 프린트물들로 가득 쌓여 있다. 일을 하다가도 수집된 글을 찾아 읽다 보면 마음에 여유가 생기고, 문득 반성해야 할 일들이 가지런하게 떠오른다.

　그러나 정작 타인의 삶에 관한 생각들을 복사나 오려두는 형태로 모아는 두었지만 내 삶을 느긋하게 정리해 보지는 못했다. 오랜 시간 회사의 미션과 비전을 정하고 전략을 세우는 기획업무 일을 해왔음에도 불구하고 내 머리 속에 쌓여 있는 갖가지 생각들을 인생의 미션으로 정리하지 못하고 있다니.

다행스럽게도 나는 2002년 5월 스티븐 코비 박사의 7가지 습관 교육을 김경섭 박사 부부에게서 받으면서 내 인생의 미션이라고 할 수 있는 사명서를 작성할 수 있었다.

『성공하는 사람들의 7가지 습관』이라는 책으로 잘 알려진 스티븐 코비는 그의 저서에서 '자신의 삶을 주도하라', '끝을 생각하며 시작하라', '소중한 것을 먼저 하라', '윈-윈을 생각하라', '먼저 경청한 다음에 이해시켜라', '시너지를 내라', '끊임없이 쇄신하라' 등의 7가지를 성공의 조건으로 들었다.

7 가지 습관 교육은 코비 박사의 저서를 바탕으로 어떻게 사는 것이 가장 잘 살고 바람직한 것이냐에 대해서 함께 생각해 보는 시간이었는데, 교육내용 중에서 특히 '주도적이 되어라', '소중한 것을 먼저 하라', '상호이익을 모색하라', '경청한 다음 이해시켜라' 등이 가슴에 와 닿았다.

7 가지 습관 교육을 받은 이후 나는 삶의 각오를 사명서로 작성하였고, 신년이 시작되면 한 해 동안의 다짐을 적어 그대로 실천하려 노력하고 있다.

내가 스스로 작성해 가슴 속에 간직하고 있는 사명서는 대략 이러하다.

1. 내가 생각하는 나 자신 못지 않게 내 아내를 위시한 다른 사람이 나를 보는 것도 나의 실체임을 인식하며 살겠다.
2. 나의 몸과 마음, 아내의 몸과 마음이 무엇보다도 중요하다는 것을 항상 유념하여 사랑, 성실, 열정을 가지고 살겠다.
3. 특히 이제까지 미흡했던 아내에 대한 사랑, 경청, 감사표시, 따뜻한 말, 밝은 표정을 개선하도록 노력하겠다.
4. 나는 포스코와 우리 사회에 기여하는 삶을 살겠다.
5. 나는 앞으로 내가 생각하는 각 단계마다 항상 준비하는 것을 큰 보람으로 삼고, 그리고 아름다운 삶으로 이해하고 다짐하면서 살겠다.

사람들은 알게 모르게 자신을 과대평가하는 경향이 있다. 나도 예외는 아니어서 그런 생각을 분명히 가지고 있다. 그래서 사명서의 첫 부분은 나 자신의 실체를 인정하는 것으로 시작하고 싶었다. 남의 평가도 내 실체의 일부이기 때문이다. 그리고 가정에서나 직장에서나 사랑, 성실, 열정을 가짐으로써 내가 이 곳에 살아 있음으로 해서 단 한 사람의 인생이라도 행

복해진다면 그것을 보람으로 느끼겠다고 다짐했다. 이제 내가
해야 할 일은 이 사명서를 습관이 되도록 하는 일이다.

내가 읽은 한 권의 책

나의 독서 습관은 이러하다. 여유가 있어서 읽는 것이 아니라, 책을 읽으면서 여유가 생기는 쪽이다. 평소 책 속에 길이 있다 생각하고, 그 길섶 나무 그늘에 앉아 선행된 지혜를 접할 수 있길 노력한다. 그러나 의무로 읽어야 하고 또 읽고 싶은 책이 하루에도 수천 권의 책자로 새롭게 태어나고 있다. 이 가운데 나와 제대로 인연을 맺은 책이 과연 몇 권이나 될까.

늦은 밤 전등을 끌 수 없게 하던 그리스도의 휴머니즘을 그린 『순애보』, 자신의 내면과 세계를 일치시키지 못하고 허물어지는 한 소년의 성장을 다룬 헤르만 헤세의 『수레바퀴 아래

서』, 회사 입사 후 읽어 본 부리스콜의 『신념의 마력』, 그리고
스티븐 코비의 『성공하는 사람들의 7가지 습관』 등은 내 인생
의 생활 태도나 가치관에 큰 영향을 주었다.

내 손을 거쳐간 많은 책 중에서 나는 2년 전에 읽었던 리타
스트릭랜드(Reata Strickland)의 『신과의 대화』를 잊지 못한다.
총 8페이지에 불과한 이 책은 아마도 세상에서 가장 내용이 적
은 책일 것이다. 마치 한 편의 시라고 할 수 있는 신과의 대화,
짧지만 인생을 살아가는 데 촌철살인(寸鐵殺人)과도 같은 지
침서였다. 이 책을 읽으면서 책은 그 부피가 중요한 게 아니라
내용이, 얼마만큼의 감동을 갖고 읽는 이의 인생에 영향을 미
치는지가 중요하다고 생각하였다. 나는 지금도 가장 짧은 이
책을 미국에 주문 구입하여 선물도 하고 좋은 글로 소개도 하
며 수시로 내용을 음미하고 또 음미한다.

신과의 대화

나는 꿈속에서 신을 만나 대화를 나누었다.

신이 나에게 물었다.

"나와 이야기를 나누길 원하는가?"

"당신께서 시간을 허락하여 주신다면요…"

신은 미소로서 응답하였다.

"나의 시간은 영원하다. 너가 묻고자 하는 것은 무엇인가?"

"사람들이 당신을 가장 당혹스럽게 하는 것은 무엇입니까?"

신은 대답하였다.

"그들은 자신들의 어린 시절을 지겨워하고 빨리 성장하기를 원했다가 그리고나서는 다시 어린 시절로 되돌아가기를 원한다.

그들은 돈을 벌기 위해 그들의 건강을 악화시키고,

그리고 다시 건강을 회복하기 위해 돈을 탕진한다.

그들은 미래에 대한 지나친 생각으로 인하여 현재의 이 귀중한 순간들을 잊고 있다.

따라서 그들은 현재에도 미래에도 살고 있지 않다.

그들은 마치 절대로 죽지 않을 것처럼 살고 있기 때문에 마치 전혀 삶을 살지 않았던 것처럼 후회하며 죽는다."

신은 나의 손을 잡았고 우리는 잠시 동안 침묵에 싸였다.

그리고 나는 다시 물었다.

"부모로서 이 생에 대하여 우리의 아이들이 무엇을 배우기를 원합니까?"

신은 미소를 띠며 답했다.

"그들은 그 어느 누구도 타인으로 하여금 그들을 사랑하게 만들 수 없다는 것을 배워야 한다.

그들이 해야 하는 것은 그들 스스로가 사랑 받을 수 있도록 하는 것이다.

그들 자신과 다른 사람을 비교하는 것이 좋지 않다는 것을 배워야 하며

부자가 가장 많은 것을 소유한 자가 아니고

가장 적게 원하는 자가 가장 많은 것을 소유한 자라는 사실을 알아야 한다.

우리가 사랑하는 사람에게 깊은 상처를 주는 것은 순식간이지만

그것을 치유하는 데는 수많은 세월이 걸린다는 것을 알아야 한다.

용서를 실천하면서 용서를 배울 수 있고

너희들을 깊이 사랑하고 존경하는 사람들이 있지만 단지 그것을 표현하고

그들의 감정을 보여주는 방법을 모르는 사람들이 있다는 것을 알아야 한다.

두 사람이 동일한 것을 보더라도 그것을 다르게 이해할 수 있다는 것을 알아야 한다

다른 사람들에 의하여 너 자신을 용서 받는 것으로 항상 충분치는 않다.

너 스스로 너 자신을 용서할 수 있도록 자기 자신에게 진실되어야 한다.

그리고 내가 항상 너희와 같이 이렇게 존재한다는 것을 이해하여야 한다."

— Reata Strickland

당신도 엉엉 울어 봤나요

사람들은 슬플 때도 좋을 때도 눈물을 흘리며 운다. 부모를 잃었을 때 친구, 친지, 훌륭한 분이 돌아가셨을 때 나이와 성별에 상관없이 눈물을 흘린다.

나는 회사 일로 어린아이처럼 엉엉 소리 내어 운 적이 두번이나 있다. 처음 사건은 입사 11년차, 눈과 입을 다물어도 눈물이 새어 나와 그냥 새벽을 울음으로 맞이 했었다.

포스코는 창업 이래 흑자경영을 지속하여 지금은 자금사정도 좋지만 1981년만 해도 계속되는 사업확장으로 자금 사정이 극도로 어려울 때였다. 그 당시 예산과장이었던 나는 회사 판매 수입, 지출, 차입금 상황을 수시로 점검해서 최고 경영층에 보고했는데, 차입금 계획표에 다소 오류가 있었다. 그 이튿날 보직해임되는 징계조치(만 1개월 정직되었다가 다시 예산과장에 보임됨)를 받았다.

회사에서 가장 중요한 일을 가장 열심히 하고 회사에서 최후의 보루가 된다는 자세로 우리 예산과원들은 고생하였다. 그런데 단지 부하직원이 차입금 상환표에 작성 기준을 표기 안 했다는 이유만으로 징계를 받는 것은 너무 심하다는 게 당시의 심정이었다.

국내 차입금 내역표 작성이 다소 미흡해서 최고경영층이 경영판단을 잘못할 수 있다는, 너무 엄한 징계조치는 젊은 나로서는 마음으로 수용이 잘 안 되었다. 당일 모든 개인 사물을 가지고 회사에 사표까지 내고 집으로 와서 새벽 4시경 엉엉 울었다. 쉬는 1개월 동안 억울하다고 토로하고, 불만도 표시했지만 어느덧 그 사건이 나를 보다 성숙하게 만들었다.

그 일 이후 깊은 뜻을 담은 최고 경영층의 경영조치가 내 기준에 맞지 않다고 억울함을 토로하면, 회사와 본인, 그리고 동료에게도 매우 좋지 않다는 것을 배웠다. 그 후 비슷한 상황에 처한 친한 벗이 있으면 쓴맛을 먼저 맛본 선배로서 회사의 조치를 달게 받아들이고 자중자애하는 것이 좋다고 충고를 하곤 한다.

두번째로 운 일은, 1997년 3월 주총이 있은 후 집에 돌아와서였다. 인재개발원장으로 재직 중에 위기에 처한 한보관리 책임자로 명령을 받고 가질 못한 것이다. 나는 회사를 너무 사랑했고 또 그 인연을 이어가고 싶어서 명령을 따를 수 없었다. 인사명령을 따르지 못해 1년 간 쉬게 되었지만 10여 년 전에 있었던 일을 거울 삼아 회사를 그만둔 후에도 회사에 누가 되는 말과 행동은 절대 취하지 않겠다고 다짐하였으며 실천하였다. 왜냐하면 내가 청춘을 바쳐온 회사요, 그동안 맺은 많은 인연을 한꺼번에 등지고 싶지 않았기 때문이었다.

사나이는 태어나 세 번 운다고 한다. 하지만 지금 생각해 보면 울고 싶을 때 우는 것도 그렇게 나쁘지 않을 뿐만 아니라 사나이의 눈물이 그렇게 값싼 것만은 아니라는 생각을 해본다. 그날 엉엉 울지 않았다면 아마 나는 절망 속에서 새로운 희망을 발견할 수 없었을는지도 모르겠다.

음치도 노래한다

나는 음치에 가깝다. 찬송가를 많이 불러야 하는 목사인 동생도 예외가 아니어서 부담이 많은가 보다. 나는 조상 탓을 잘 하는 사람이 아닌데 음치인 것만은 부모를 탓하고 싶다. 초중고 때 다른 성적에 비해 음악성적이 현저하게 나빴으니 말이다.

내 아내는 수줍음 많은 내성적인 성격이어서 남 앞에서 배짱 좋게 큰소리로 노래를 부른다는 건 상상도 못할 일이다. 그럼에도 불구하고 나는 부부동반 만찬 후 분위기를 더 친숙하게 하기 위해 노래방에 가는 걸 좋아한다.

주로 나의 애창곡은 구닥다리 김세환의 〈토요일 토요일 밤에〉이고, 아내의 애창곡은 이장희 작사, 작곡, 노래인 〈나 그 대에게 모두 드리리〉이다. 다소 느리긴 해도 듣는 눈가를 가늘 어지게 하는 사랑고백의 노랫말이 아주 맘에 든다. '나 그대에 게 드릴 말 있네. 그댈 위해서라면 나는 못할 게 없네.' 최소한 70% 이상은 남편인 나를 염두에 두고 부르지 않나 자위하고 싶다.

지난 2004년 12월 대통령 부부가 참석한 사회복지 공동모금 회 주최 '희망 2005, 사랑과 나눔, 그리고 행복' 음악회에 우리 부부도 참석하게 되었다. 그때 세계적인 성악가이며, 우리나라가 자랑하는 조수미 씨가 나와서 여러 곡을 불렀지만 무슨 내용의 노랫말인지 잘 전달이 되지 않았다. 이태리어인지 독일어인지 분간할 수 없어서 박수는 쳤지만 우리 부부의 만족도는 낮았다.

2005년 신년 모임 때는 60여 명의 부부가 모인 자리에서 가수 장사익 씨가 그의 독특하고 호소력 있는 창법으로 「찔레꽃」을 불렀다. 아내는 노래를 들으며 연신 눈물을 닦았다. 「찔레꽃」 열창에 돌아가신 친정어머니가 생각나서 그랬다고 한다.

나는 노래를 잘 부르지 못하는 것에 비해서 클래식, 팝송, 가요, 창에 이르기까지 다양한 장르의 노래 듣기를 즐겨 한다. 그 중에서도 캐롤 키드(Carol Kidd)의 〈When I Dream〉을 너

무 좋아한다. 우리나라에서는 영화 〈쉬리〉를 통해 많은 대중
의 사랑을 받기도 했는데, 이 노래만 듣고 있으면 나의 마음은
아주 편안해진다.

When I Dream

I could build the mansion that is higher than the dreams
I could have all the gifts I want and never ask please
I could fly to Paris.
It's at my beck and call,
Why do I live my life alone with nothing at all
But when I dream, I dream of you,
Maybe someday you will come true.
When I dream, I dream of you
Maybe someday you will come true
I can be the singer or the clown in any role
I can call up someone to take me to the moon
I can put my makeup on and drive the man insane
I can go to bed alone and never know his name
But when I dream, I dream of you,
Maybe someday you will come true.
When I dream, I dream of you
Maybe someday you will come true

— Carol Kidd

내가 꿈을 꿀 때

난 꿈에서 꾼 것보다 더 높은 맨션을 지을 수도 있습니다

내가 원하는 모든 재능도 가질 수 있으니 절대 요구하지 마세요

난 파리로 날아갈 수도 있어요.

그건 내가 맘만 먹으면 할 수 있어요.

왜 난 아무것도 없이 외롭게 삶을 살아야 하는지요?

내가 꿈꿀 때, 난 당신을 꿈꿔요.

아마 언젠가 당신은 현실로 내게 오겠죠

내가 꿈꿀 때, 난 당신을 꿈꿔요.

아마 언젠가 당신은 현실로 내게 올거예요

난 가수도 될 수가 있고 광대가 되어 어떤 역할도 할 수도 있죠

날 달나라로 데려다 줄 누군가를 불러낼 수도 있죠

화장을 할 수 있고 그 사람의 혼을 빼놓을 수도 있죠

난 혼자 잠자리에 들고 그의 이름도 도무지 몰라요

내가 꿈꿀 때, 난 당신을 꿈꿔요.

아마 언젠가 당신은 현실로 내게 오겠죠

내가 꿈꿀 때, 난 당신을 꿈꿔요.

아마 언젠가 당신은 현실로 내게 올거예요

　　— 스코트랜드 출신의 여성 재즈 싱어 '캐롤키드'의 85년 작품

자칫 거칠다면 거친 세상을 살면서 우리는 얼마나 자기 만족에 이르는 방법을 알고 있는가. 어린 학생들뿐만 아니라 어른에 이르기까지 이어폰을 귀에 꽂고 음악에 심취한 모습들을 보면 기분이 좋고 안심이 된다. 아, 저렇게 세상을 견디는구나. 그것은 마치 고흐(Van Gogh)가 그린 낡은 「농부의 구두」를 보고 있을 때의 평온함과도 같은 안도감이랄까.

나의 아내

　내 이름은 최광웅, 아내 이름은 강순이, 말 그대로 최씨와 강씨가 만나 최강부부이다. 서로 믿고 의지하는 점에서 최강부부라고 자부한다. 우리 부부는 양가의 아버지도 친구고, 어머니 간도 친구이며, 아내 오빠와는 초, 중학교 동기동창이면서 둘도 없는 친구다. 양가가 수시로 서로 드나들면서(주로 우리 가족이 갔지만) 음식도 나눠먹고, 놀러도 다니는 다정한 이웃사촌이었다.

평소 아내에 대해 친구 여동생으로서, 이웃사촌으로서 호감을 가지고 있었다. 아버지가 조금 일찍 돌아가셔서 홀어머니를 모시고 사는 아내의 학생 때 모습이 당시에는 어쩐지 호감이 갔고, 다소 심정적으로 뭔가 대화로라도 다가가서 도와주고 싶었다. 내가 군에 있을 때 편지로서 마음을 교환하고 위로도 하고 했다. 사랑한다, 결혼하자 그런 건 아니지만 아내와 여러 차례 편지를 주고 받을 때 서로의 사랑을 싹트게 한 푸슈킨의 시가 가장 가슴에 와 닿았나 보다.

삶이 그대를 속일지라도

삶이 그대를 속일지라도
슬퍼하거나 노여워하지 말라.
슬픈 날엔 참고 견디라.
즐거운 날은 오고야 말리니.

마음은 미래를 바라느니
현재는 한없이 우울한 것

모든 것 하염없이 사라지나

지나가 버린 것 그리움이 되리니.

— 푸슈킨 (Pushkin, 1799.6~1837.2)

우리가 약혼하기 전까지 서로의 짝을 찾는 과정이 없었던 것은 아니지만, 먼저 내가 청혼을 했고, 아내가 수락했고, 특히 우리 부모님은 좋아하셨고, 친구와 장모님도 무척 흐뭇해하셨던 축복 받은 결혼이었다.

우리 부부가 결혼한 지 33년이 지났다. 아내 강순이는 내게 요즘도 애인 같은, 애첩 같은 대상으로 다정한 말과 눈으로 자기를 대해 달라고 말한다. 그러나 나는 그렇게 못하고 있다. 마음속으로는 이따금 '여보 사랑해, 감사하고, 고생 많지' 한다. 내가 생각해도 참 바보 같다. 왜 그런 말을 평소에 자연스럽게 하지 못하며, 또 포옹도 하면서 사랑한다고 말하지 못하는지, 바보도 상 바보다. 그래서 나 혼자 쓸쓸하게 자문한다. 이런 배짱(?) 없는 사람이 대기업 부사장까지 어떻게 올라갔을까 하고.

나 같은 쑥맥이 이런 습관만 잘 고쳐도 보다 더 부인의 사랑을 받을 수 있을 텐데… 나는 아내가 아주 사랑스럽다. 우리

부모, 형제를 정성으로 챙기는 것에 대해 감사하고 또, 우리 아이들을 정성으로 돌보는 것을 감사하게 생각한다. 나는 아내의 목소리가 듣기 좋고, 태도가 좋고, 나를 지극정성으로 챙겨줘서 항상 미안하다. 그래서 어머니 같은 아내라는 생각이 들기도 하고 큰누나 같은 아내라는 생각이 들 때도 있다.

그러나 한편으로는 불만 또한 많이 있다. 매사에 너무 신중하고, 너무 정갈하게 하려고 하고, 조심조심하고 때로는 결심이 느리고 더디다. 그리고 커피를 너무 좋아하는 것도 걱정이 되고, 무엇보다도 남편이나 애들 돌보는 것 못지 않게 자기를 위한 삶을 좀더 이기적으로 살도록 권유해도 잘 듣지 않는다.

아내는 세상을 똑소리 나는 다른 아줌마처럼 살지 않는다. 그래서 아내에게 이따금 농담을 한다. 그렇게 당차지 않고, 대차지 못해서 자기 혼자 남겨놓고 내가 먼저 죽을 수가 없다고. 오래오래 같이 사는 수밖에 없다고. 누구를 위해 종을 울리나. 누구를 위해서 산단 말인가. 내 건강부터, 내 삶의 보람도, 내 취미도 챙겨야지. 아무리 종용해도 소용없다.

나는 아내가 좀더 집안 청소를 덜 하고, 자기를 위한 운동은 더 하고, 때로는 친구들과 수다도 떨고 했으면 한다. 무엇보다도 자기 삶의 가치, 세상에 태어나서 스스로 만족하는 보람 찾는 일에 더 비중을 두어야 한다고 아내한테 때때로 강조하기도 한다.

나도 이제는 회사 일에만 얽매이지 말고, 부부가 같이하는 일을 찾고 싶다. 등산도, 영화도, 여행도 아내와 같이하는 시간을 더욱 늘려가고 싶다. 우리 최강부부는 성씨의 첫자를 딴 최강부부가 아닌 다정다감한 부부가 되고 싶다. 강인섭 시인의 「부부송」을 같이 음미하며 살고 싶다.

부부송(夫婦頌)

남남이던 둘이 만나
조상 대이을 자식 낳고
한가정 이루어 함께 하나니
그 작은 둥지가 곧 우주니라

땀과 한숨의 나이테
안으로 잔잔히 새기며
소나무처럼 살아온 부부
손잡고 가는 길이
하늘의 뜻 따름이라

먼 길 가다가 힘들어 지칠 때도
지어미는 지아비의 지팡이가 되어
예까지 함께 왔나니

서로 믿고 사랑하며
험한 파도 헤쳐 한길 가노니

부부는 무덤 속에서도

나란히 누울 동반자니라

— 강인섭

부부는 무덤 속에서도

나란히 누울 동반자니라

어머니, 어머니

인도의 어머니 테레사 수녀는 죽어서 지옥에 갔을 거라고 한다. 왜냐하면 천당에서 편안히 쉬는 게 아니라 지옥에 있는 불쌍한 사람들을 구제해야 하기 때문이란다.

영국문화협회(British Council)는 2004년 12월 세계 10개 비영어권 국가 4만 명을 대상으로 '가장 아름다운 영어 단어'를 묻는 온라인 설문조사를 실시했다. 조사 결과 'Mother(어머니)'가 당당히 1위를 차지했다. 2위는 'Passion(열정)', 3위는 'Smile(미소)'이고, 이어 'Love(사랑)', 'Eternity(영원)', 'Fantastic(환상)' 순이었다. 하지만 아버지라는 단어는 서열 1위를 차지한 어머니와는 대조적으로 70위에도 들지 못했다.

여자인 아내도 어머니가 연상되는 TV프로그램을 보거나 노래를 듣다가 툭하면 눈물을 흘리곤 한다. 아마 돌아가신 어머니(오귀순 여사)가 무척이나 그리운 모양이다.

내 어머니(조강남 여사)는 올해 88세 미수로, 아버지께서 돌아가신 후 자식에게 불편을 주지 않겠다며 28년 간을 농촌에서 홀로 살고 계신다. 다행히 나를 대신해 형제, 가족들이 지근에서 수시로 드나들면서 보살펴 주어 큰아들로서 마음의 짐을 다소나마 덜 수 있지만 미안한 마음 그지없다. 어머니에게 매일 들러 보살펴주는 막내 여동생에게 아주 고맙고 미안하다. 이때껏 살면서 시어머니를 함께 모시고 살지는 않지만 성심성의껏 받드는 아내도 여간 고맙지 않다.

내가 충남 논산 훈련소로 입대한 후 집으로 보내진 사복을 받으시고 많이 우셨다는 어머니. 몇 년 전 뽀빠이 이상룡 씨가 사회를 보는 프로가 있었다. 어머니를 만나는 코너에서 사회자가 선창으로 '어머니' 하고 외치면 많은 군인들이 눈물을 글썽이던 모습들이 지금도 눈에 선하다. 또 가수 남진과 태진아가 어머니 노래를 부르면 왜 그렇게 찡한지.

조물주의 영역은 참으로 신비스럽다. 생각하는 능력이 정말 있는지, 어느 정도인지 몰라도 온갖 동물의 암컷은 새끼를 낳고 정성으로 보살핀다. 조물주가 부여한 본능일 거라고 생각되고, 동물에 비교해 죄송하지만 우리 어머니들도 참으로 본능적이지 않나 생각된다.

수억 개 중 하나의 정자가 난자와 만나 생명이 잉태된다. 그 정자와 난자가 부모의 모습과 성격을 닮아 있는 것을 보면 참으로 신비하다. 어느 저명한 스님의 특강에서 들은 내용인데, 하나의 정자에는 영국의 대백과사전(Britannica)보다 10배의 정보가 더 입력되어 있다고 한다. 사실 확인 여부를 떠나 깊이 수긍이 가는 부분이다.

훌륭하게 된 사람의 배경에는 일반적으로 훌륭한 어머니의 집요한 노력이 희생으로 뒷받침되어 있다. 오늘날 한국경제의 위상이 이만큼 세계 무대에서 빛을 발하게 된 것도 지난 50~60여 년 간 부모의, 특히 어머니의 교육열에서 비롯된 부분이 크다고 생각한다.

몇 년 전 식탁에서 모처럼 한가족이 모여 대화를 하다가 아내가 억척으로 챙겼더라면 하는 마음으로 "너희들이 일류대학에 갔으면 아빠의 체면이 더 올라갔을 텐데?" 하고 말했다가 집단으로 항의(?)를 받았다. "아빠는 무슨 소리예요. 우리 셋이 이만큼 신체 건강하고 부모님 말씀 잘 듣고, 형제간 우애 있게 잘 지내는데 왜 그러세요." 라고 말이다. 아차, 실수했구나 싶었다.

나는 자녀들이 성공하고 행복하기를 바라는 모든 어머니에게 하고 싶은 말이 있다. 자녀의 과잉보호가 장차 자립심을 약화시킬 수 있고, 자녀들에 대한 차별이 돌이킬 수 없는 마음의 상처를 갖게 한다고, 자녀의 기를 살려 주는 일이 사회 속에서 눈총을 사는 사람으로 성장시킬 수도 있다고 말하고 싶다.

'인간(人間)'이란 한자를 풀이하면 사람 사이의 사람이다. 굳이 인간은 사회적 동물이란 명제를 인용하지 않더라도 인간사회는 말 그대로 사람들이 어울려 사는 사회이다. 인간의 행복은 학교 성적이나 재산 순서가 아니고 자기가 하고 싶은 일

을, 다른 사람과 잘 어울려서 성취할 때 비로소 이루어진다고
말이다.

인생은 흐르는 물처럼

나는 남의 인생에 관여하여 이렇게 행동해라, 저렇게 말하라, 맞다, 틀리다 하는 판단을 가급적 자제하려고 노력한다. 명사들의 명언, 시, 글, 산문 등을 열심히 음미하고 친지들과 공유하려고 애쓴다. 변우량 교수의 「인생은 시냇물처럼」은 우리 연배에 이르면 수긍이 가는 멋있는 시이다.

인생은 시냇물처럼

인생은 흘러가는 것
저 시냇물처럼 흘러가는 것

나도 저 물처럼 흘러가리

흐르다가 바위에 부딪히면 비켜서 흐르고

조약돌 만나면 밀려도 가고

둔덕을 만나면 쉬었다 가리

마른 땅 만나면 적셔주고 가고

목마른 자 만나면 먹여주고 가리

갈 길이 급하다고 서둘지 않으리

놀기가 좋다고 머물지도 않으리

흐르는 저 물처럼 앞섰다고 교만하지 않고

처졌다고 절망하지 않으리

저 건너 나무들이 유혹하더라도

나에게 주어진 길 따라서

노래 부르며 내 길을 가리라.

　나는 연말이 되면 직원들에게 자기의 생각이나 스스로 음미
하고 실천하고 싶은 말을 발표하라고 제안한다. 그렇게해서
연말 송년 파티에 좋은 말을 공유하곤 했다.
　2002년 말, 일에 관해 공감했던 내용으로 이미애 사원은 '일

이 즐거우면 인생은 낙원이지만 의무에 불과하면 인생은 지옥이다', 두진안 사원은 '쉬워 보이는 일도 해보면 어렵다. 못할 것 같은 일도 시작해 놓으면 이루어진다. 쉽다고 얕볼 것이 아니고 어렵다고 팔짱 끼고 있을 것이 아니다. 쉬운 일도 신중히 하고 곤란한 일도 겁내지 말고 해 보아야 한다.'고 하였는데 모두 내 귀에 쏘옥 들어와 지금까지 기억하고 있다.

우리나라 사람들은 타인과 비교하여 행복하기도 하고, 상대적 불행감(?)으로 심통을 부리기도 한다. 하지만 나의 인생행복론은 '생각을 바꾸면 세상이 달라 보인다' 이다. 일체유심조(一切唯心造)와 유사한 의미로 비교기준을 낮추면 만사 OK이다. 나보다 처지가 어려운 이를 생각하고 도와주며 앞으로 나아가면 더욱 행복해진다.

2부_내가 당신을 사랑하는 이유

세상에서 가장 어려운 일 가운데 하나가 다른 사람을 칭찬하는 일이고, 세상에서 가장 쉬운 일이 남의 단점을 지적하는 일이라고 한다. 치열한 경쟁을 펼쳐야 하고 효율을 중시해야 하는 조직생활에서는 실로 공감이 가는 말이 아닐 수 없다. 직장인들은 가정에서보다 회사에서 더 많은 시간을 보내기 때문에 장점보다 단점이 더 쉽게 노출된다. 오죽하면 직장인들이 회식자리에서 상사의 단점을 얘기하니까 안주가 따로 필요없다는 말까지 나왔겠는가.

나를 움직이게 한 말, 말, 말

우리나라의 문화수준이 높아 가면서 그동안 지저분하게 방치되었던 화장실이 새로운 문화공간으로 탈바꿈하는 모습을 쉽게 찾아볼 수 있다. 현대식으로 개조된 화장실에는 화분이 놓여 있고, 벽면에는 그림과 명언들이 걸려 있기도 한다.

옛날 우리 선인들 중에는 책상머리 앞이나 명산을 순례하면서 도를 깨우치는 이도 있지만, 찬바람 부는 화장실에 앉아 있다가 불현듯 도를 깨우치는 이도 적지 않았다고 한다.

나의 경우도 비슷하다. 여행이나 두툼한 책을 통해 삶의 화두를 꺼내기보다는 무심결에 잡지책을 뒤적이다가, 엘리베이터를 타거나 화장실을 나오다가 문득 벽면에 걸린 명언에 시선을 두고 삶의 의미를 곱씹는 경우가 많다.

직장생활 속에서 상사나 동료들로부터 마음의 상처를 입거나 또 하고 싶은 일들이 맘처럼 잘 풀리지 않을 때 벽면에서 보았던 명언들은 얼마나 삶의 위안이 되었던가. 명언들은 마치 다정한 친구처럼 다가와 '이봐, 인생살이가 다 그런 거야, 너무 절망하거나 좌절하지 말게나' 하고 말을 거는 것 같기도 하다.

이처럼 인생의 지침이 되는 지혜의 말씀들과 촌철살인의 명언들이 맘에 들 때는 벽면에 걸려 있는 문구를 외우기 위해 몇 번씩 발품을 팔고, 심지어 잘 외워지지 않을 때는 메모지를 들고 베끼기도 한다.

그리고 이 좋은 말들은 여기서 그치지 않는다. 잘 정리해 가까운 친지, 동료, 또는 비슷한 마음을 가졌을 것으로 생각되는 사람에게 전달하기도 한다. 지금까지 가슴 속에 차곡차곡 저장해 놓았던 여러 명언들은 아마 나에게 부족한 부분을 가르치기에 더욱 가슴에 절절히 다가왔는지 모르겠다.

> 만리 길 나서는 길, 처자를 내맡기며, 맘놓고 갈 만한 사람
> 그 사람을 그대는 가졌는가   — 함석헌

의심하는 사람이거든 쓰지를 말고,
쓰는 사람이거든 의심을 하지 말라.

— 김 구

우리가 사랑하는 사람에게 깊은 상처를 주는 것은 순식간이지만
그것을 치유하는 데는 수많은 세월이 걸린다는 것을 알아야 한다.

— Reata Strickland

윗사람을 이기려 들지 마라. 우월한 모든 것은 미움을 받는다.
자신의 주인보다 높이 서려는 것은 어리석음의 소치이거나 운명
의 장난이다. 자신의 아름다움을 허름한 옷으로 가릴 것이다.

— 발타자르 그라시안

남을 사랑하는 사람은 다른 사람도 항상 그 사람을 사랑하고
남을 존경하는 사람은 다른 사람도 항상 그 사람을 존경한다.

이 외에도 인생의 지침이 되는 좋은 말들은 너무 많다. "생
각이 바뀌면 행동이 바뀌고, 행동이 바뀌면 습관이 바뀌고, 습
관이 바뀌면 성격이 바뀌고, 성격이 바뀌면 운명이 바뀐다."
찰스 홀(Chasles A. Hall)의 이 말은 인생을 보는 긍정적인 자

세를 나에게 가르쳐 주고 실천하게 만들었다.

"이 세상에서 가장 큰 선물(Present)은 현재(Present)이다." 사실 과거와 미래는 관념일뿐 우리 인간에게는 현재만 존재하는지도 모른다. 그렇기에 지금 주어진 이 시간, 지금 내 곁에 있는 사람, 그 사람을 위해 최선을 다하는 자세가 필요하다. 다음에, 이 다음에 하며 자꾸 뒤로 미루다 보면 시간도 사람도 떠나 결국 후회할 일만 남게 된다.

"사람은 친구를 보고 평가하고, 나무는 꽃과 열매를 보고 평가하며, 기업은 어느 고객과 사귀는가 보고 평가한다." "측정할 수 없는 것은 평가할 수 없다." 평가와 관련된 이 말들은 촌철살인의 명언이라고 생각된다.

"아마추어는 사물을 복잡하게 하지만 프로는 그것을 간단하고 명료하게 할 수 있다." 이 문구는 사물의 핵심을 제대로 꿰뚫지 못하면 진정한 프로가 될 수 없다는 사고의 원칙을 강조한 말이다.

돈과 관련해서는 "돈이 아니라도 이미 정한 약속은 갚지 않은 부채이다."라는 말이 있다. 또 "다정한 친구가 갑자기 죽거나 부모님이 돌아가신 것은 시간이 감에 따라 잊혀지지만 돈 떼어먹은 자는 죽을 때까지 못 잊는다."는 말은 내 경험으로 볼 때 전적으로 공감이 간다.

내가 비록 선각자나 종교인은 아닐지라도 선인들이 남긴 지혜의 말들을 가슴 속에 품고 있다면 세상을 모나지 않게 살 수 있다고 생각한다. 하루하루 생활하면서 이러한 말들에 나의 모습을 비추다 보면 발걸음 하나, 말 한 마디도 조심스러워질 수밖에 없다. 화장실이나 엘리베이터 혹은 잡지의 한쪽 구석에서 찾아낸 작은 문구들, 어쩌면 이들이야말로 내게 진정한 삶의 지혜를 가르쳐준 큰 스승인지도 모른다.

칭찬은 고래도 춤추게 한다

　　세상에서 가장 어려운 일 가운데 하나가 다른 사람을 칭찬하는 일이고, 세상에서 가장 쉬운 일이 남의 단점을 지적하는 일이라고 한다. 치열한 경쟁을 펼쳐야 하고 효율을 중시해야 하는 조직생활에서는 실로 공감이 가는 말이 아닐 수 없다. 직장인들은 가정에서보다 회사에서 더 많은 시간을 보내기 때문에 장점보다 단점이 더 쉽게 노출된다. 오죽하면 직장인들이 회식자리에서 상사의 단점을 얘기하니까 안주가 따로 필요없다는 말까지 나왔겠는가.

　　아프리카에 아주 평화스러운 마을이 있었다. 그 마을에서는 어떤 잘못을 저지른 사람이 있으면 마을 사람들이 그 사람 둘

레에 앉아 칭찬을 계속해 주는 전통이 있다고 한다. 비록 그 사람이 잘못된 점 때문에 불려 나왔지만 마을 사람들은 더 이상 칭찬할 것이 없을 때까지 잘못을 저지른 사람의 좋은 점을 얘기하고 모임을 끝낸다고 한다. 그 뒤로부터 마을은 아주 평화롭게 변모했다는 이야기이다.

이 일화에 착안하여 지난 2001년 경영기획실과 경영지원실 직원들이 동료들의 장점만을 찾아내서 칭찬하고 그 내용을 공유하는 시간을 가졌다.

직원들은 각자 동료들의 장점을 한 가지씩 제출하였고, 그 내용들을 다시 엑셀파일로 정리하였다. 참여한 직원이 대략 50여 명이었으니 한 사람에 대한 장점이 대략 50가지씩 나오게 된 셈이다. 그 중에는 물론 중복된 내용도 있었으나 바라보는 사람의 시각에 따라 단점으로 여겨졌던 부분이 장점으로 나타나기도 하였다.

처음엔 전직원이 보는 앞에서 자신에 대한 동료들의 칭찬이 쏟아질 때마다 직원들은 약간은 어색하고 계면쩍은 표정을 지었다. 하지만 참석자들은 곧 자신들이 단점보다는 장점이 많은 사람임을 하나 둘 깨달아 가는 얼굴로 바뀌었다.

내 개인적으로도 소득이 많았다. 평소 많은 사람들을 상대하다 보니 정작 내가 관장하고 있는 직원들의 면모를 속속들이 파악하기 어려웠는데 그 자리를 통해 직원들의 장점을 어느 정도 파악할 수 있었으니 말이다.

그런데 당시 같이 고생하던 팀장 한 분이 업무 중 쓰러져 갑작스레 돌아가시게 되었다. 부하직원을 저 세상으로 떠나보낸다는 것만큼 가슴 아픈 일도 없을 것이다. 나는 아직 어린 그의 자식들 앞에서 차마 무어라 위로할 말을 찾지 못했지만 두 아들에게 아버지가 평소 주변 사람들에게 소중한 사람이었고, 이만큼 좋은 칭찬을 받았다는 내용을 정리해 전달해 주었다.

어느 회사나 공직 할 것 없이 출근 후 통상 최소 하루 10~12시간은 소속된 조직에서 일하게 된다. 나는 이 시간이 보람차고 재미도 어느 정도 있어야지, 괴롭고 월급만을 위해서 있다면 큰 불행이라고 생각한다. 하루 24시간에서 잠자는 시간을 빼면 대부분을 조직에서 보내기 때문에 이 시간이 편하지 않다면 그 삶이 얼마나 괴롭겠는가. 보람 있게 일하는 자세로 생각을 바꿔야 한다고 생각한다. 생각을 바꾸면 세상이 달라 보인다. 먼저 나 스스로를 칭찬하고, 아내를 칭찬하고, 다른 사람의 장점과 칭찬거리를 찾다 보면 나의 행복은 배가 된다.

『칭찬은 고래도 춤을 추게 한다』는 책 제목을 언제가 보았다. 365일 얼굴을 맞대고 살아가야 하는 직장인에게 특히 상

대방의 단점에 대한 지적보다 칭찬이 조직을 살리고 효율을
높이는 지름길이라고 생각한다.

말하기보다 경청이 더 힘들어

　말하기가 힘들다지만 듣기보다 더 힘들까. 세상살이가 각박해지고 경쟁이 치열해지면서 어디에서고 내 주장, 내 목소리가 더욱 커져만 간다. 신문이나 방송에서도 연일 새로운 소식과 함께 세상의 종말이라도 닥친 듯 온갖 논쟁들을 재생산하고 있다.

　그런데 목소리 큰 자가 이긴다는 말, 이제는 수정되어야 할 듯하다. 목소리가 커야 이기는 것이 아니라 다른 이의 말에 귀 기울일 줄 알아야 이긴다고 생각한다. 내가 생각하는 '잘 듣는다'는 따가운 충고나 날카로운 비판도 수용할 줄 아는 자세를 말한다. 좋은 것만 취하는 것이 아니다. 비판도 겸허하게 받아들이는 유연한 자세가 우리에겐 필요하다. 사람은 때로 자신과 무관한 주변의 목소리도 들을 줄 알아야 한다. 자연의 소리는 물론이거니와 이웃들의 목소리에도 귀 기울일 줄 아는 넉넉함과 여유를 겸비해야 한다.

잘 듣는 태도를 영어로는 'Active Listening' 이라고 한다. 이처럼 경청은 성공의 필수요건이라고 할 수 있다. 일반적으로 인간의 유형을 경청형과 설득형으로 나눌 수 있다고 한다. 그런데 대체로 설득형보다는 경청형의 인간관계가 더 좋다고 한다. 우리의 귀가 두 개이고 입이 하나인 걸 보면 말하는 것보다 듣는 것을 두 배로 하라는 의미로 해석하고 싶다. 경청의 중요성을 새삼 느낄 수 있다. 듣고 말하라고 항상 열려 있지 않은가?

경청을 하는 경우 특히나 메시지 전달이 잘 되는데, 미국 하버드 대학에서 연구한 결과에 의하면 직장에서 대인관계가 좋은 사람의 80%가 성공을 하였고, 대인관계가 좋은 사람의 99%가 행복하다고 말했다.

경청에서는 그 분위기 만들기가 중요한데 이것을 전문 용어로 'Rapport' 라고 한다. 분위기 조성은 말 자체보다는 몸짓, 태도 등의 바디 랭귀지가 57%를 차지하며, 바디 랭귀지의 핵심은 'Eye Contact' 라고 한다. 눈을 보면서 얘기하기, 이것이

대인 관계의 중요한 핵심인데 사실 나부터도 잘 실천하지 못하고 있음을 고백할 수밖에 없다. 이 때문에 아내에게 항상 지적당하고 있다. 우리나라는 오랫동안 지켜온 유교사상 탓에 윗사람 앞에서 고개를 드는 행동을 무례하다고 여긴다. 그러나 신체에서 가장 솔직한 부분이 눈이므로 상대방의 눈을 보면서 얘기해야 제대로 된 의사전달이 이루어지는 건 당연한 말이다. 잘 듣기만 해도 사회생활의 절반은 이미 성공한 것이나 다름없다고 한다. 나 역시 그 말에 절실하게 공감하는 바이다.

꿈을 가꾸고 실현한 영업맨

특별한 사람이 아니라면 평사원으로 입사하여 최고경영자의 자리에 오르기까지는 짧게는 20년, 길게는 30년이 걸린다. 남과의 경쟁에서도 이겨야 하지만 자신과의 경쟁에서 이겨야만 오를 수 있는 자리이다. 또 건강과 실력 못지않게 운도 따라야 한다.

평사원으로 입사하여 최고경영자가 된 친구(Kim. W. K)가 있다. 지금까지 바둑을 같이 두는 친구인 그는 서울대 농과대학을 졸업한 후 고등학교에서 교편생활을 하다 신입사원으로 1974년에 입사하여 30년만에 매출액 2700억원 규모의 제조회사 최고경영자가 되었다.

사람을 평가할 때 자신에게는 관대하지만 남에 대해서는 냉혹한 평가를 하는 것이 일반적이다. 하지만 김사장에 대해 말하고 생각할 때마다 나는 그가 성공할 수밖에 없겠다는 생각을 하곤 한다.

그의 성공요인에 대해 한번 생각해 보았다. 그의 장점 중 하나는 진실성이다. 개인적인 친분관계로 보나 업무관계로 보나 상대의 직위에 관계없이 일관되게 온갖 정성을 다하는 사람이다. 달면 삼키고 쓰면 뱉어내는 얄팍한 세태 속에서 김사장은 주변 사람들에게 한결같은 믿음을 심어준다.

서로 윈윈(Win-Win) 할 수 있도록 정성을 다하면 못할 것이 없다는 자세로 업무에 임하는 모습, 약속을 하면 먼저 나와 기다리고, 모든 일에 있어서 온갖 노력으로 문제 해결에 임하는 사람이 그이다.

대기업에 신입사원으로 입사하여 사장까지 하는 것은 쉬운 일이 아니다. 가식이 없고, 한번 맺은 인연을 계속해서 일관되게 이어가는 진중한 성격의 소유자. 영업사원으로서 기본 자세도 훌륭하고 자기 소관 부문에 대한 고도의 전문성도 갖추고 있다.

어디 그뿐인가. 일을 찾아서 하려고 노력하고 그래서 누군가 도와주고 싶다고 생각하게 만든다.

그의 곁에서 소리 없이 내조한 부인의 역할이 또한 컸으리라. 언제나 조용한 미소로 주변을 대하는 모습에서 자기 남편을 100% 믿고 사랑한다는 자신감이 역력하다. 이름이 그러해서인가. 언제나 정숙하다는 느낌이 든다.

또한 김사장의 능력과 성과, 인품을 전적으로 신뢰하여 대표이사 사장에까지 오르게 한 그 회사 대주주도 정말 훌륭하게 느껴진다.

최강 부부가 만난 최하 부부

영상시대를 살아가는 현대인이라면 좋아하는 연예인이 한두 명 정도는 있을 것이다. 일본의 중년 부인들이 욘사마 배용준에게 열광하듯, 나는 안성기와 패티킴 그리고 장사익을 좋아한다. 그 중에서도 커플 활동을 하는 연예인으로는 최수종, 하희라 부부를 좋아한다. 구체적으로 설명할 수는 없지만 간간이 방송 매체를 통해 접한 이들 부부의 모습이 모범적이고 따뜻해 보여 더욱 좋아하게 되었다.

평소 호감을 갖고 있었던 터에 2003년 가을, 우리 부부가 이들 부부에게 이메일로 골프를 제안했고, 며칠 후 그들로부터 반가운 답장을 받았다. 나의 제안에 선뜻 응해 준 이들 부부에게 고마움도 잠시, 연배나 생활양식이 달라 두 부부의 만남이 자칫 소재의 빈곤함으로 이어지지는 않을지 걱정이 앞섰다.

골프를 치고 식사하는 동안 어떤 소재로 분위기를 만들어야 할지 고민하던 끝에 대학 방송국 후배에게 부탁해 최수종, 하희라 부부에 관한 대학생들의 인터뷰를 바탕으로 장단점과 바라는 모습 등의 내용을 담은 CD를 만들어 만나기 전에 우송했다. 얼마 안 있어 최수종 씨로부터 감사하다는 전화를 받았다. 지금까지 수많은 팬레터와 호의적인 격려를 받아 보았지만 이렇게 성의 있고 차별화된 선물은 처음이어서 큰 감동을 받았다는 얘기였다.

우리의 첫 만남은 순조로웠다. 준수한 외모의 최수종 씨와 곱고 깜찍한 하희라 씨, 나는 이 두 부부의 분위기뿐만 아니라 매너에도 마음이 무척 흡족했다.

골프를 하다가 뒤에 오는 팀과 부딪칠 때 정중한 인사로 편히 치시라고 말하는 이들 부부의 겸손한 태도와 밝은 표정은 내가 생각했던 모습들과 다르지 않았다.

골프장에 있는 음식점으로 이동을 했을 때 일이다. 이들 부부를 보려고 사람들이 모여들었고 하희라 씨가 자리를 피하려고 하였다. 그러나 좋아하고 만나고 싶어하는 팬들에게 다가서야 되지 않겠느냐는 나의 의견에 그녀는 흔쾌히 받아들여

자리에 앉았다.

운동 후 내가 좋아하는 다른 한 부부가 동참하여 세 커플이 수서에 있는 한식당인 필경제(세종대왕 5남인 광평대군의 증손 이천수가 성종 때 건립해 19대째 살아오고 있는 전통한옥으로 옥호는 성종이 직접 하사하였다)에서 식사를 하게 되었다.

정갈한 음식을 앞에 두고 서로 찬그릇을 앞으로 당겨주며 즐겁게 식사를 하였는데 그러면서 서로의 생활 방식이나 자녀 교육 방법, 인생의 다양한 얘기를 나누었다. 우리를 더욱 기쁘게 했던 것은 이들 부부의 자녀교육에 관한 얘기였다. 이들 부부는 요즘 떠들썩하게 일어난 조기 교육보다는 철저한 예의범절 교육을 퍽 중요하게 생각하고 있었다. 아이들에게 만나는 모든 사람들에게 배꼽인사를 반드시 시킨다는 얘기에 하희라 씨가 교육학과를 나와서인지 몰라도 똑소리나게 시키는구나 싶었다. 이들 부부가 기초 예의범절을 가르치는 모습은 정말 아름다워 보였다. 또한 소리 없이 사회 봉사활동에 적극 참여하는 모습이 이들을 더욱 빛나게 하였다.

그 후 일 년 뒤 이들 부부의 초청으로 하희라 씨의 모노드라마 「우리가 애인을 꿈꾸는 이유」를 보게 되었다. 우리는 하희라 씨의 열정적인 무대 매너에 아낌없이 뜨거운 박수를 보냈으며, 앞으로도 이들 부부의 연예 활동, 사회봉사 활동, 부부 간의 금슬 모든 면에서 더욱 더 발전하는 모습, 진정한 노블리스 오블리제(Noblesse Oblige)의 모습을 한 사람의 팬으로서 계속 지켜보겠다는 인사를 했다. 우리 부부는 최씨와 강씨 성을 조합하여 최강 부부이고 최수종, 하희라 부부의 성씨를 조합하면 최하 부부가 되는데 이들 부부가 진정한 최강의 부부가 아닐까 잠시 생각해 보았다.

명화, 그리고 불멸의 오드리 햅번

우리의 마음을 매료시키는 영화에는 뭔가 특별한 힘이 있다. 머리 속으로 상상하는 책과는 달리 영화에 출연한 배우의 매력, 좋은 시나리오, 아름다운 배경음악이 우리의 심장을 쿵쿵 고동치게 만들고 뇌리에 콱콱 박히게 한다. 영화가 이렇듯 우리를 감동시키는 이유는 언제나 현재형이기 때문이다. 아무리 미래와 과거의 얘기를 전개하더라도 영화를 보는 그 순간만큼은 관객이라는 사실을 잊어버리고 주인공과 함께 사건을 따라가며 희로애락을 느끼게 된다.

지금까지 많은 영화를 보았지만 특히 잊지 못하는 영화가 있다. 오마 샤리프가 주연한 〈닥터 지바고〉, 클라크 게이블과

비비안 리(Vivien Leigh)가 명연한 〈바람과 함께 사라지다〉가
그러하다. 그리고 대학 다닐 때 본 〈에덴의 동쪽〉은 오래오래
기억에 남는다. 아버지가 아들을 차별함으로써 생겨난 작은아
들의 심적인 고통을 통해 부모의 바람직하지 못한 자세, 상처
주는 말, 자녀에 대한 차별이 얼마나 큰 악영향을 주는지 두고
두고 생각하게 만든 영화였다.

그리고 〈사운드 오브 뮤직〉은 아름다운 영상, 줄리 앤드루스
(Julie Andreus)의 명연기, 귀여운 7명의 아이들 때문에 우리
가족이 수 십 차례 볼 정도로 사랑하는 영화다. 트랩 대령은
군대식 자녀 교육 때문에 집안에선 두려운 존재로 통한다. 그
러나 앤이 가정교사로 들어오면서부터 아름답고 즐거운 음악
으로 아이들에게 밝은 분위기를 찾아주는데 그 모습이 너무
아름답다.

자연을 만끽하며 부르던 '사운드 오브 뮤직', '도레미송'과
대령이 불렀던 '에델바이스'가 인상적이었다. 오스트리아가
독일에 합병되기 전 트랩 대령이 나라를 지키기 위해 합병에
반대하는 대목에서는 우리나라가 한일합병 전 수많은 주변 강
대국의 합병 위협 속에서 가졌을 심리적인 압박이 느껴지기도
했다. 아름다운 선율과 알프스의 푸른 초원, 그리고 뛰어난 연
기가 더해져 영원 불멸의 영화라는 생각이 든다.

어디 이뿐이랴. 영화 〈로마의 휴일〉에서 왕실의 딱딱한 제약과 정해진 스케줄에 피곤해 지고 싫증난 앤 공주와 특종기사만을 좇던 기자와의 만남으로 자유를 만끽하면서 이루어지는 여러 가지 해프닝들은 흥미를 주기에 충분했다. 왕궁으로 돌아간 앤 공주의 기자 인터뷰 때 두 주인공이 주고받던 눈빛과 표정은 지금도 잊혀지지 않는다. 그리고 깜찍한 오드리 헵번(Audrey Hepburn)과 헌출한 용모의 그래고리 펙(Gregory Peck)을 잊을 수 없다.

아래 글은 오드리 헵번이 썼다고 전해지는, 그래서 내가 소중히 간직한 '미(美)'에 관한 글이다.

- For attractive lips, speak words of kindness.

- For lovely eyes, seek out the good in people.

- For poise, walk with the knowledge that you never walk

alone.

- People, even more than things, have to be restored, revived, reclaimed and redeemed ; never throw out anyone.

- Remember, if you ever need a helping hand, you'll find them at the end of each of your arms. As you grow older, you will discover that you have two hands, one for helping yourself, the other for helping others.

- The beauty of a woman is not in the clothes she wears, the figure that she carries, or the way she combs her hair. The beauty of a woman must be seen from in her eyes, because that is the doorway to her heart, the place where love resides.

- The beauty of a woman is not in a facial mode, but the true beauty in a woman is reflected in her soul. It is the caring that she lovingly gives, the passion that she shows.

- 매력적인 입술을 원한다면 친절을 말하세요.

- 사랑스러운 눈을 위해, 사람들의 좋은 점을 보세요.

- 몸가짐을 위해, 지식과 함께 걷는다면 결코 홀로 되지 않습니다.

- 사람이 모든 것에 우선해서 회복되고, 소생되고, 개선되고, 그리고 부활되어야 합니다 ; 결코 어느 누구도 포기해서는 안 됩니다.

- 도움이 필요할 때, 항상 자신의 손을 보세요. 두 개의 손은 하나는 스스로를 돕고, 다른 하나는 다른 사람을 돕기 위해 있습니다.

- 여성의 아름다움은 화려한 옷이나, 멋진 모습이나, 머리모양에 있는 것이 아닙니다. 아름다움은 사랑이 머물고 마음의 문이 되는 바로 '눈' 속에 있습니다.

- 여성의 아름다움은 얼굴에 있는 것이 아니라 그 영혼에 있습니다. 영혼을 통해 사랑을 주고 열정을 보여줄 수 있습니다.

나를 포함해 세계의 많은 사람들의 기억 속에 헵번을 존경이라는 이름으로 남게 한 이유는 단순히 영화 때문만은 아니다. 아프리카에서 그녀의 진정한 모습을 보았기 때문이다. 1993년 암으로 64년의 생을 마감하기까지 1989년부터 세계 아동기구의 친선대사로 헐벗고 가난한 어린이들 구호에 앞장서 수단, 에디오피아, 소말리아 등을 방문해 진심으로 밝은 얼굴로 어린이 구호에 앞장섰던 아름다움을 잊지 못하는 까닭이다.

자신이 해야 할 일을 위해 일찍이 영화계를 은퇴하는 등 인

생을 보람있게 계획하고 너무
나도 훌륭히 실천했던 그녀, 그
것이 진정 그녀를 추억하게 하
는 이유이다. 매력적인 그녀의
삶은 그녀의 청순한 아름다움
과 함께 우리들의 가슴속에 영
원히 머물러 있을 것이다.

나의 고객 관리

고객(顧客)이란 영업을 하는 사람에게 대상자로 찾아오는 손님을 가리킨다. 나 이외의 모든 사람이 고객이 될 수 있는데 사람에 따라 대상을 정의하는 경우가 다를 것이다.

2002년에 회사 임원들과 함께 KAIST에서 IT교육을 받은 적이 있었는데 KAIST 김영걸 교수님이 정의한 고객의 의미가 매우 인상적이었다. 고객의 고자는 보살필 고, 돌아볼 고(顧)로 항시 돌아보면서 보살펴야만 하는 대상이라는 것이다. 고객은 영어로 'Customer' 이다. 습관(BY Custom)적으로 되돌아보고 보살펴야 한다는 표현에 전적으로 공감하였다.

회사마다 다르겠지만 고객의 수준에 맞는 차별화 관리

CRM(Customer Relationship Management)에 따라 영업의 성패가 좌우된다고 볼 수 있다. 회사에서뿐 아니라 개인 사업자에게도 고객관리는 매우 중요하다. 개인적으로 나의 가장 중요한 고객은 아내, 부모, 자식, 형제 이렇게 가까이 있는 친지와 친구들이며 회사에서 맺은 여러 인연들이다. 한마디로 말해서 내 고객은 나와 어깨를 스친 사람들이고, 그래서 정성을 다하는 자세가 필요하다.

나는 한번 맺은 인연에 대해 좋은 관계를 유지하고 발전하기 위해 나름대로 노력한다. 어떤 이는 많은 인연을 맺기 위해 새로운 사람들을 사귀는 여러 가지 활동을 찾아 나서지만 나는 새로운 인연의 확대보다는 기존의 좋은 인연을 꾸준히 지켜나가는 스타일이다.

사람이라면 모두 똑같겠지만 연말에 연하장을 받았을 때 나에게 특별한 의미를 부여하는, 한 줄이라도 정성을 보이는 이에게 호감을 갖게 된다. 획일적인 내용보다 나에게만 전하는 의미가 더 깃든 이메일에 더 정이 가는 건 당연한 이치가 아닐까.

나는 평소에 좋아하는 분들에게 최소 일 년에 한두 번이라도 꼭 전화를 하거나 카드를 보내려고 노력한다. 지금까지는 잘 지켜지고 있다. 바쁜 일상 속에서 자주 볼 수는 없지만 마음을 담아 카드를 보냄으로써 받는 이가 알아준다면 그것이 정(情) 아니겠는가. 나의 이런 노력은 그분들이 무엇을 해주었기 때문이 아니라 김용택 시인의 시에서처럼 생각만 해도 기분이 좋아지기 때문이다. 그분들을 사랑함으로써 내 마음이 따뜻해지고 세상이 더 아름다워질 수 있기 때문이다.

내가 당신을 사랑하는 이유

내가 당신을 사랑하는 이유는

당신을 생각만 해도 기분이 좋아지기 때문입니다.

아무리 힘든 일이 생겨도 당신만 생각하면 저절로

힘이 생겨나 이겨낼 수 있기 때문입니다.

내가 당신을 사랑하는 이유는

언제나 따뜻함으로 날 맞아주기 때문입니다.

상처로 얼룩진 마음으로 다가가도

당신의 따뜻함으로 기다렸다는 듯 감싸주기 때문입니다.

내가 당신을 사랑하는 이유는

당신은 내가 그리워하는 것들을 모두 갖고 있기 때문입니다.

넓게 펼쳐진 바다도, 밤하늘에 반짝이는 별도,

아름다운 노래도, 가슴을 울리는 시도

당신의 가슴 속에 가득 채워져 있기 때문입니다.

내가 당신을 사랑하는 이유는 아무런 이유가 없습니다.

어떤 이유를 붙여도 당신을 사랑하는 진정한 의미를

다 표현해 낼 수 없기 때문입니다.

—— 김용택

실천한다는 것

평소 수영을 잘하고 싶어하는 사람이 있었다. 그래서 수영 이론과 비결을 완벽하게 이해한 후 실제 물 속으로 들어갔다. 그는 수영을 하다가 물에 빠져 죽었다.

이론과 실제가 함께 가기는 이처럼 힘이 든다. 건강하게 사는 비결을 많이 알지만 실천하기가 쉽지 않은 것만 봐도 알 수 있다. 적게 먹고 많이 움직이는 것이 건강에 좋다고 알고 있지만 이를 지키기는 쉽지 않으니 말이다. 나의 경우 음식을 천천히 먹기가 힘이 든다.

의학전문 기자 홍혜걸 박사가 말하길 "적게 먹어서 걸린 병은 다시 먹으면 낫지만, 많이 먹어서 걸린 병은 고대 중국의 전설적인 명의(名醫)인 화타(華陀)나 편작(扁鵲)이 와도 고치지 못한다.”는 의학격언이 있다고 한다. 요컨대 비타민 A 부족으로 인한 야맹증엔 비타민 A만 보충해 주면 충분하다. 그러나 과잉 영양에서 비롯된 질환은 대부분 난치병이 된다. 동맥경화와 고혈압, 당뇨, 심장병 등 대부분의 성인병을 거슬러 올라가면 영양소의 과다섭취에 뿌리를 두고 있는 습관 즉 습관병이라고 한다.

골프를 즐기는 사람은 다 경험하는 일이겠지만 아무리 이론적으로 완벽하게 원리와 기술을 배웠어도 실제 제대로 된 스윙이 나오기 힘들다. 나의 경우 잘 치는 방법을 배우고 스윙 폼을 교정받았지만 여전히 잘 되지 않는다. 뭐든지 배우려면 한 살이라도 적을 때, 초기에 제대로 집중해서 배워 몸에 익혀 놓아야 한다.

내가 평소 존경하던 교수분과 순천 승주CC에 같이 운동을 갔다. 드라이버는 곧잘 치는데 롱 아이언은 아직 초보 수준이었다. 잘 치려고 힘을 주면 줄수록 뒷땅을 치게 되고 지켜보는 옆사람에게 미안하고 황당해 얼굴이 벌개지시는 걸 지켜보다가 내가 짓궂게 농담을 걸었다.

“아무리 서울대 교수라도 이론과 실천은 다른 겁니다. 힘 빼고 다시 쳐 보세요. 골프는 힘 있을 때 힘을 빼야 칠 수 있고,

힘을 주면 더 안 맞는 거예요.”

힘 없는 사람이 윗사람에게 지나치게 겸손한 태도를 보이면 뭔가 아쉬운 게 있다고 볼 수 있다. 그러나 힘 있는 입장의 상사나 높은 지위에 있는 사람이, 고개를 숙이고 겸손해 하면 인품이 훌륭하게 보인다.

영어의 이해한다 ‘Understand’는 밑의 ‘under’와 서다의 ‘stand’의 합성어이다. 즉, 이해시키고자 하는 상대방보다 밑에서 겸손한 자세여야 상대가 이해한다는 뜻이다. 겸손해야 인품이 훌륭하다는 건 알고 있지만 누구에게나 실천이 어디 그리 쉬운가. 맹사성의 일화를 음미해 보자.

고개를 숙이면

열아홉 어린 나이에 장원급제를 하여 경기도 파주 군수가 된 맹사성의 가슴은 자만심으로 가득 차 있었습니다.

어느 날 그가 무명선사를 찾아가 물었습니다.

“스님이 생각하시기에 이 고을에 최고의 덕목으로 삼아야 할 것은 무엇입니까?”

“그건 어렵지 않지요. 나쁜 일을 하지 말고 착한 일을 많이 하면 됩니다.”

“그런 것은 어린애도 다 아는 이치 아닙니까? 먼 길을 온 내게 고작 그것밖에 할말이 없답니까?”

맹사성은 거만하게 말하며 자리에서 일어나려 했습니다.

무명선사가 차나 한 잔 하라고 붙잡자 그는 못 이기는 척 자리에 앉았습니다.

그런데 선사가 물이 넘치도록 차를 따르는 것이 아니겠습니까…

“스님, 찻물이 넘쳐 방바닥이 흥건해졌습니다. 그만 따르시지요.”

맹사성이 소리쳤지만 선사는 태연하게 계속 차를 따르고 있었습니다.

그리고는 화가 잔뜩 난 맹사성을 보고 말했습니다.

“찻잔이 넘쳐 방바닥을 적시는 것은 알면서, 지식이 지나쳐 인품을 망치는 것은 왜 모르십니까?”

스님의 이 한 마디에 맹사성의 얼굴은 붉게 달아 올랐고, 그는 급히 일어나 방문을 열고 나가려다 그만 문에 세게 부딪치고 말았습니다. 그러자 선사는 웃으면서 말했습니다.

“고개를 숙이면 부딪치는 법이 없습니다.”

씨앗을 파는 가게

우리는 종종 사물과 어떤 현상을 바라볼 때 착각에 빠지는 경우가 많이 있다. 관광지에 가면 관광하는 사람이 너무 많은 것 같고, 병원에 가면 아픈 사람이 너무 많은 것 같고, 조폭물의 영화를 보면 온통 조폭 세상인 것 같은 경우가 그렇다.

호랑이가 토끼를 잡아 먹으려 하면 토끼가 하느님께 '하느님, 하느님 제 목숨을 살려 주십시오.' 라고 기도하고, 호랑이는 하느님께 '하느님, 하느님 일용할 양식을 주셔서 감사합니다.' 라고 한단다. 이처럼 자신의 실존적 위치에서 벗어나 세상을 객관적으로 바라보는 일은 결코 쉬운 일이 아니다.

사물이나 현상을 객관적으로 보는 것도 어렵지만 명암이 교

차하는 세상사에서 긍정적인 시각을 유지하는 자세는 더 어렵
다. 나는 세상에 절대선도 절대악도 없다고 믿고 있어 세상사
에 부닥칠 때 어떠한 마음 자세를 갖느냐가 매우 중요하다고
생각한다. 긍정적이고 밝은 면을 보느냐, 아니면 부정적이고
어두운 면을 보느냐에 따라 인생의 행로가 달라진다고 믿기
때문이다.

우리 사회를 바라보는 시선도 긍정과 부정의 마음으로 나뉜
다. 2005년 2월 현재 한국경제 상황을 어떤 이는 10년 후의 모
습을 지금의 불안의 연속으로 비관적이라 경고하고, 어떤 이
는 IT산업과 제조업 경쟁력, 한국인의 역동성으로 자신감을
가지고 미래를 준비하자고 한다. 우리는 어떤 미래를 희망하
는가?

몇 년 전 전경련에서 주선한 네 분의 경제관련 장관을 모시
고 포스코 구조본부장 신분으로 회의에 참석한 적이 있다. 당
시 진념 경제부총리가 회의 중 삼성전자 이학수 본부장에게
삼성전자는 경영실적도 좋고 재무상태도 양호한데 타국 동종
전자업체에 비해 왜 주가가 낮냐는 질문(분위기상 주주가치경
영, 투명경영 미흡 때문이라고 지적하려는 의도로 추측)에 대
해 이학수 본부장은 코리아 디스카운트(Korea Discount) 때문
이라고 대답했다. 똑같은 상황을 놓고 한쪽은 기업의 불투명

경영을 원인으로, 다른 한쪽은 한국 경제의 불투명을 원인으로 분석하는 것이다.

최근 언론 보도를 통해 알려진 노조간부의 채용비리와 제자의 시험답안지를 대리로 작성해 준 어느 교사의 어두운 사건들은 과연 우리에게 희망은 있는가라는 자문을 갖게 한다. 이처럼 우리 사회의 일각에선 물질만능주의와 도덕적 기초마저 허물어져 버린 정신적 공황상태가 진행되고 있지만, 나는 지금까지 우리 사회와 국가가 긍정적인 방향으로 발전해 왔으며, 앞으로도 그렇게 나아갈 것이라는 확신을 가지고 있다. 인간의 역사는 조금씩 진보한다고 믿고 있다.

비유가 무리이긴 하지만 하루살이와 사람을 비교해 보면 하루살이는 하루의 일기밖에 모른다. 비 오는 날에 살다간 하루살이는 세상에 매일 비가 오는 줄 알지만, 우리 인간은 사계절이 있음을 알고, 지역별로 기후가 다른 걸 알고, 대기권 밖의 우주 공간도 안다. 어떻게 하루살이와 비교할 수 있겠는가. 자연의 섭리, 조물주의 섭리 아래 우리는 발전해 왔고 앞으로도 그럴 것을 믿는다.

서남 아시아를 강타한 2004년 말 지진해일(쓰나미)에 죄 없는 20만 이상의 인명이 피해를 입었다. 우리들은 한없이 답답하기만 하다. 어느 종교, 어느 신자도 이번 쓰나미 현상을 우리가 납득이 가게 설명하고 있지 못하여 더욱 답답하다. 자연 법칙은 우리 나약한 인간의 영역을 넘어서는 사항이므로 한없이 겸손해야 한다는 게 중론이다. 지구는 탄생하여 지금까지 계속 지진과 해일로 움직이고 있다. 그저 주어진 상황에 최선을 다해 대처할 뿐이다.

그러나 막연하게 손을 놓기보다는 "국가가 여러분을 위해 무엇을 할 수 있는지 묻지 말고, 여러분이 국가를 위해 무엇을 할 것인지를 먼저 물어 주십시오." 라는 케네디 대통령의 연설처럼 나만이라도, 내 가족부터라도 교통질서를 지킨다든가 봉사를 한다면 조그마한 부분에서부터 사회가 좋아지지 않을까?

나는 아들로부터 2003년 5월에 「씨앗을 파는 가게」라는 타이틀의 이메일을 받아 보았다.

한 여인이 꿈에 시장엘 갔습니다.

새로 문을 연 듯한 가게로 들어갔는데 가게 주인은 다름아닌 하얀 날개를 단 천사였습니다.

여인이 이 가게엔 무엇을 파는지 묻자 천사가 대답했습니다.

"당신의 가슴이 원하는 무엇이든 팝니다."

그 대답에 너무 놀란 여인은 생각 끝에 인간이 원할 수 있는 최고의 것을 사기로 결심하고 말했습니다.

“마음의 평화와 사랑, 지혜와 행복 그리고 두려움과 슬픔으로
부터의 자유를 주세요.”

그 말을 들은 천사가 미소를 지으며 말했습니다.

“부인, 죄송합니다. 가게를 잘 못 찾으신 것 같군요. 이 가게엔
열매는 팔지 않습니다. 단지 씨앗만을 팔 뿐이죠.”

나는 매사를 긍정적으로, 상대의 장점을 찾는 일에 몸과 마
음이 따른다면 건강에 좋으리라 생각한다. 이 씨앗을 파는 가
게 주인처럼 정부에서는 씨앗만을 판다고 생각한다. 내가 소
속된 조직의 장, 부모, 그리고 선생님과 목사님도 스님도 씨앗
만을 팔 뿐이다. 씨앗을 뿌려 결실을 거둬들이는 건 심는 자의
몫이지 않을까.

내가 할 수 있는 작은 일부터 솔선하고 챙겨서 우리들의 삶
에 긍정의 새싹이 돋도록 하자. 기다리기에 인생은 너무 짧지
않는가. 손에 호미를 쥐자.

삼복 더위와 편지

어떤 풍경을 앞에 두고 있다가 또는 차를 마시다가 사람이 그리울 때가 있다. 아무 이유 없이 보고 싶고, 그 사람의 얼굴을 떠올리느라 입가에 웃음이 번지는 그런 시간 말이다.

전라도 말에 '맥없이'란 단어가 있다. 사람들이 그리워지면 나는 맥없이 메일이나 편지를 써 보내는 때가 있다. 별안간 내 편지를 받으신 분들은 봉투를 뜯기까지 아마 청첩을 알리는 내용으로 착각하기 쉬울 것이다.

작년 삼복 더위를 피해 집에 있던 나는 편지를 썼다. 안부를 묻는 내용과 함께 내가 당신을 사랑하는 이유, 건강하게 오래 사는 서른 가지 방법, 〈신과의 대화〉 등의 좋은 글들로 채워

넣었다. 그 더위에 내 편지를 반갑게 받은 분들이 전화 등을 이용해 고맙다는 인사와 답장을 보내주었다. 그때 받았던 답장 중에서 한번 음미해 보고 싶은 내용이 있어 여기 그 편지를 소개한다.

최부사장님께.

그간 안녕하셨습니까. 오랜만에 편지 연락을 받고, 그 내용도 따뜻하여 매우 반가웠습니다. 회사 일에도 분주하실 터인데 이처럼 인생을 돌아보는 기회를 갖게 해주시니 참으로 소중하다고 생각합니다. 특히 건강하게 사는 법은 저를 보고 보내신 것 같아 매일 매일 들여다 보고 있습니다. 그러나 실천하기는 쉽지 않군요. 바로 회답을 드린다는 것이 이렇게 늦었습니다.

제가 포스코와 인연을 맺은 것은 과분한 기회였으며, 포스코의 기업이념, 건설의 역사, 종업원에 대한 배려 등에서 많은 것을 배울 수 있었습니다. 특히 박태준 명예회장님, 황경로 전회장님 그리고 이구택 회장님을 비롯한 여러 훌륭한 분들의 생각과 업적을 보고 느낄 수 있었다는 것이 참으로 소중한 기회라고 지금도 생각하고 있습니다.

과거나 지금이나 회사에 훌륭한 분들이 많이 계셨다는 것이 오늘의 포스코를 있게 한 하나의 중요한 원동력이 아니었나 생각하게 되며 부사장님도 그 중에서 빼놓을 수 없는 분 중의 한 명이라고 믿고 있습니다.

최부사장님께서는 어느 종교를 믿고 계신지 모르겠으나 저의 소견으로는 불교가 진정으로 인간의 본질에 대하여 깊이 생각하고 사회의 발전에 대하여 고민하는 사람에게 올바른 가르침을 주는 것으로 알고 있습니다. 다른 종교를 가진 분들도 신앙의 차이를 떠나 불교의 가르침이 어떤 것인지를 알아 보는 것은 인생의 안목을 넓히는 데 매우 도움이 되지 않을까 생각합니다.

시간의 흐름에 따른 모든 것은 변하는 것이고 변하지 않는 것은 없는 것이며, 모든 존재는 상호의존적임에도 많은 사람들은 항상 현재의 상태가 그대로 지속되고 영원히 살 것처럼 착각하고 있습니다. 이 때문에 사회생활에 있어서도 타인에 대한 배려가 소홀하게 되며 우리의 인생도 점차 삭막하게 되는 것이 아닌가 합니다.

이런 와중에 최부사장님의 따뜻한 글을 읽어보니 스스로 다시 한번 한 템포 늦추게 됩니다. 저를 잊지 않고 기억해 주시는 것에

진심으로 감사 드리며, 앞으로도 더욱 풍부한 지혜와 경륜을 발휘

하시기를 기원합니다.

2004. 8.20 ○ ○ ○ 올림

존경하는 젊은 CEO 안철수

나는 안철수 사장을 잘 모른다. 귀공자 같은 외모에 서울대학교 의과대학을 나온 의사가 성공이 보장된 편안한(?) 길을 뿌리치고 IT업계로 뛰어들었다는 것이 들은 소문의 전부이다.

포스코에서는 두 달마다 외부 저명인사들을 초청해 특강을 받는 기회가 있다. 나는 안철수 사장을 초청하기로 하였다. 그의 바쁜 일정 관계로 요청한 시기보다는 3개월 정도 특강이 늦어졌지만 그는 성심성의껏 준비한 강의안을 바탕으로 두 시간 동안 정말 좋은 특강을 해 주었다.

나는 우주에 절대적인 존재가 있든 없든, 사람으로서 당연히 지켜나가야 할 중요한 가치가 있다면 아무런 보상이 없더라도 그것을 따라야 한다고 생각한다. 내세에 대한 믿음만으로 현실과 치열하게 만나지 않는 것은 나에게 맞지 않는다. 또 영원이 없다는 이유만으로 살아 있는 동안에 쾌락에 탐닉하는 것도 너무나 허무한 노릇이다. 다만 언젠가는 같이 없어질 동시대 사람들과 좀더 의미 있고 건강한 가치를 지켜가면서 살아가다가 '별 너머의 먼지'로 돌아가는 것이 인간의 삶이라 생각한다.

영혼이 없는 기업은 그 회사 사람들에게 단지 개개인의 목적을 달성하는 도구일 뿐이다. 그런데 영혼이 있는 기업에서는 전사원들이 스스로 주체의식을 가지고 기업의 영혼을 자신의 것으로 내재화해서 공동의 발전을 이뤄나간다. 그런 가운데 기업은 영속하는 우량기업으로 자라날 수 있다.

일을 할 때 내 능력에 비해 벅찬 경우도 많다. 내 수준에서 어려운 주제를 이해하고 쉽게 풀어쓰기 위해서는 당대의 천재들보다 두세 곱절 시간을 더 들여야 하는 것은 어쩌면 당연한 일인지도 모른다. 깨어 있는 한 순간이라도 헛되이 보내지 않겠다는 것은 앞으로도 내가 할 수 있는 유일한 방법인지도 모른다. 이것은 공연한 겸손이 아니라 분명한 사실이다.

— 2001. 9. 4. 안철수 사장의 포스코 특강 내용 중

2000년대 초 벤처 붐을 타고 한때 코스닥 시장이 절정으로까지 오른 적이 있다. 자본금 몇 십억 원에 불과한 코스닥 기업의 시가총액이 몇 조원에 달한 경우도 있어 많은 투자가들은 거품을 부추겨 이익을 챙기기에 바빴다. 그 당시 제조업에 종사하는 직원들에게 벤처기업 직원들은 선망의 대상이었다.

그러나 그리 시간이 오래 지나지 않아 코스닥 시장은 금방 바닥을 드러내고 말았다. 측정할 수 없는 미래 가치만 믿고 투자한 국민들은 막대한 손실을 보아야 했고 디지털에 대한 막연한 환상은 거품이었음이 밝혀졌다. 모든 사람들이 낙관론을 내세우며 벤처만이 살 길이라고 주장하고 있을 때 비이성적이고 비정상적인 시장상황의 거품론을 제기하면서 벤처기업이 살아 남으려면 도덕적이어야 한다고 비판한 영혼이 아름다운 벤처인 안철수.

직장에서고 동창 사회에서고 오랜 시간 만나도 쉽게 잊혀지는 사람이 있고 잠깐 만나도 감동을 주어 잊혀지지 않는 사람이 있다. 안철수 사장을 보면서 '종교를 갖고 있지 않으면서도 어떻게 저렇게 가슴에 와 닿고 올바르고 수준 높은 가치관을

가지고 있을까' 라고 생각해 보았다. 한국의 많은 코스닥 사장
님들이, 많은 지도층 인사들이, 소위 특권층(Privileged People)
이 안철수 사장처럼 맑은 영혼을 가지고 있다면 우리나라는
한층 더 업그레이드 될 텐데 하는 생각을 가져보았다.

3부_전체는 부분의 합보다 크다

어느 조직 어느 개인이나 오랜 시간 형성된 생활 패턴과 생활습관을 가지고 있다. 기업에서는 이를 기업문화라고 부른다. 내가 30여 년 넘게 삶의 터전으로 삼고 있는 포스코에도 독특한 기업문화가 있다.

어느 기업에서나 그렇겠지만 포스코인들은 엄격한 선발과정을 거쳐 입사하여 어려운 일을 잘 돌파해 내고 훌륭한 업적들을 이루어서 그런지 강한 우월의식과 일류의식을 가지고 있다. 이러한 평가는 외부에서도 주어진다. 또, 포스코인들은 조직 응집력이 매우 강하다. 위기시 더 큰 힘을 발휘한다. 큰 설비 사고가 발생했을 때 그 부품을 구석구석 뒤져 빨리 복구해 내는 능력은 세계 최고이다.

조직의 쓴맛, 끗발법칙

어느 컨설팅회사에서 신입 사원들에게 물었다. 언제 회사를 가장 그만두고 싶냐는 질문이었는데 직장 상사와의 불화를 첫 번째로 들었다고 한다. 사람은 사회적 동물이어서 조직을 떠나서는 살 수가 없다. 그러나 자기 맘에 꼭 맞는 사람을 만나 조직을 이루며 생활하는 큰 행운이 아무에게나 쉽게 찾아오지는 않는 것 같다.

사람들의 생각과 살아온 배경이 너무도 다르기 때문에 하나의 사물을 바라보는 눈도 천차만별이다. 우수한 인재들을 선발했다고는 하지만 각각의 개성을 가진 구성원들을 조화롭게 이끄는 일 또한 쉽지만은 않다.

조직에는 직속상사가 있고 직속상사 위에 더 높은 상사가 있기 마련이다. 예를 들어 대리면 그 위에 과장이 있고 부장이 있고 임원이 있다. 조직에서 일을 할 때 대리는 직속 상사인 과장과 의견을 조율하면서 일을 해야 한다. 과장이 자기와 뜻이 맞지 않는다고 부장이나 상무의 코드(chord)에 맞추어 일을 하다 보면 대리는 과장과 뜻을 같이 하지 못해 결국은 일이 잘 안 풀릴 뿐만 아니라, 인사고과 때도 좋은 평가를 받을 수가 없다.

그러므로 대리는 자기 부장이나 상무와 뜻을 맞추기에 앞서 자기 의견을 과장에게 얘기해야 하며 부딪히고 싸워서라도 조율하고 일을 추진해야 한다. 또한 과장은 마찬가지 방법으로 자기가 그렇게 조정한 것을 부장과 얘기해야지 상무나 사장에게 맞추어서 일을 해서는 바람직하지 않다.

조직에서 직속상관이 자기의 뜻을 이해해 주지 않는다고 하여 직속상관을 설득시키지 못한 채 상급자와 일을 한다면 결국은 조직의 질서를 무너뜨리고, 본인은 인사고과 등에서 손해를 보게 된다.

직장 상사가 나를 도와주기는 쉽지 않아도 속된 말로 고춧가루는 얼마든지 뿌릴 수 있기 때문이다. 어느 보직이 공석이 되어 사람을 천거할 때나 승진철이 되어 사람들이 하마평에

오를 때, 해외연수 기회가 있을 때에 직속상관을 무시하고 일을 처리한 사람을 추천해 주지 않을 것은 너무도 자명한 일이다. 그래서 어떤 문제를 해결하는 방법론에 있어서 먼저 직속상관과 부딪혀 문제를 해결해야 한다는 내 나름으로 이름 붙인 끗발법칙(?)은 매우 중요하다고 생각한다.

조직에서 상사가 치받고 올라오는 유능한 직속 선임부하를 일부러 견제하거나 근무평정을 실제보다 낮게 평가하면, 자기 자리가 유지되는 줄 아는 착각에 빠질 수 있지만, 그렇게 되면 대개는 자기 조직의 성과도 나쁘고, 자기 자리도 유지할 수 없게 된다.

반대로 유능한 부하를 잘 평가해 주고 잘 소문내 주면 자기 조직의 성과도 올라가고 자신도 그 사람에게 자리를 물려주고 승진하는 경우가 많다. 내가 경험을 통해 스스로 터득한 바이다. 신뢰할 수 있는 사람으로 부하를 육성하고, 일단 신뢰하면 코드(chord)도 맞고 성과는 배가 된다.

팀원은 팀의 리더와 부딪혀서 문제를 해결하고 그 사람에게 좋은 평가를 받아 한팀이 되는 것이 조직의 원리이다. 나는 이러한 끗발법칙을 조직생활에서 경험으로 배워 알게 되었고 중요한 사항이라고 믿고 있다.

감정계좌에 적자가 나지 않도록!

은행계좌를 모르는 사람은 아마 없을 것이다. 그렇다면 감정계좌는 어떤가? 감정계좌란, 인간관계에서 구축하는 신뢰의 정도를 재미있게 표현한 말이다. 우리 인간은 매우 상처받기 쉽고 민감하기 때문에 사소한 친절과 겸손이 때에 따라 매우 중요하다.

우리가 다른 사람에게 정직하여 우호적인 느낌을 주고 겸손하고 친절하면 신뢰가 높아져서 좋은 감정을 저축하는 셈이다. 그러나 조직에서 일을 하다 보면 감정계좌가 플러스만 되는 것이 아니라 마이너스가 될 때도 있다.

좋은 감정으로 만나 서로 윈-윈(win-win) 되는 경우에는 민음이 생겨 감정계좌는 플러스가 되지만, 마음에 안 드는 표정이나 태도를 보여 거래에서 신용을 잃게 되면 감정계좌는 마이너스가 된다. 상대를 미워하면 이심전심으로 서로의 감정계좌는 마이너스가 된다. 만약 상대방이 큰 실수를 저질렀을 때 감정계좌가 플러스인 사람은 그 실수가 커버 되지만 감정계좌가 마이너스인 사람에게는 치명적인 결과가 있을 것이다.

그래서 인생을 살면서 소속 조직에서, 비즈니스에서, 친구 사이에, 부부 사이에 이르기까지 항상 플러스 감정계좌를 가질 수 있도록 하는 것이 매우 중요하다.

플러스 감정계좌는 순간에 이루어지지 않는다. 코흘리개 어린 아이들이 빨간 돼지 저금통에 동전을 모으듯 지속적인 관계 속에서 좋은 이미지가 쌓여갈 때 플러스 감정계좌가 만들어진다. 플러스 감정계좌를 만들기는 어렵지만 마이너스를 만들기는 너무도 쉽다. 종종 한순간의 잘못으로도 마이너스가 되곤 한다. 그래서 매사에 겸손한 자세가 요구되는지도 모르겠다.

조직에서 의사결정은 합리적인 판단 기준에 따라 최선의 방안이 결정되어야 한다. 그런데 일하는 과정에서 상대방에게 감정이 개입되어 감성적이게 되면 오히려 합리성을 헤쳐서 잘못된 의사결정을 불러오는 경우가 있다. 그래서 우리가 일을 하면서 좋은 결과를 도출하기 위해서는 감정을 상하지 않고 목적한 바를 최대한 달성하는 것이 매우 중요하고도 필요하다. 예를 들어 어느 회사의 기획부서에서 총무부서에 협조를 요구할 때 총무부서 사람의 자존심을 상하게 했거나 나쁘게 얘기했다면 합리적인 자료를 손에 받아 쥐지 못할 수도 있다.

목적한 바를 달성하는 과정에서 상대방의 감정을 상하게 하면 결국 이기고도 지는 것이며, 감정계좌는 마이너스가 될 것이다.

목표를 달성하기 위해 도전적인 자세를 가져야 함은 물론 그와 더불어 우호적 분위기로 좋은 감정이 흐르도록 하는 것도 조직생활에서 매우 중요하다.

한국인의 영원한 스승 다산(茶山)

한강을 따라 북으로 올라가다 보면 마현이라는 곳이 나온다. 양수리에서 남한강과 북한강 물이 합수하여 큰 강줄기를 형성한 한 폭의 그림 같은 그곳에 우리 민족의 대학자인 다산 정약용의 묘소가 있다. 전남 강진에서 18년 동안의 유배생활을 마치고 말년에 고향인 경기도로 돌아와 영원의 거처를 마련한 것이다.

다산은 강진에서 유배생활을 하는 동안 『목민심서』를 비롯한 500여 권의 책을 저술하였다고 한다. 대학자라고 할지라도 평생에 걸쳐 10권의 책을 내기가 어려운데 500여 권의 책을 냈다고 하니 그의 학식과 철학이 얼마나 깊었는지를 알 수 있지 않은가.

우리가 다산을 흠모하는 이유는 단순히 박식하기 때문만은 아니다. 유배라는 극단의 상황 속에서도 신념과 의지를 잃지 않고 왕성한 저술활동을 하면서 국가와 백성을 사랑하는 그 어진 마음을 일관되게 유지했기 때문일 것이다.

그는 『목민심서』에서 "국가가 존립하고 정치가 행해지는 목적은 어디까지나 국민들을 잘 살 게 하는 데 바탕을 두고 있는 것이니 만일 국민이 못 살게 된다면 국가나 정치는 곧 그 가치를 상실하게 되는 것이다." 라고 밝히고 있다. 또 어떻게 사는 것이 제대로 된 삶인지에 대해 많은 사람들이 고민하는 요즘, 다산이 정의한 훌륭한 삶의 기준은 매우 쉽게 다가온다. 다음은 큰아들에게 보낸 편지로 다산연구소에서 밝히고 있다.

"온세상에서 제대로 살아가려면 두 가지의 큰 기준(저울)이 있다. 하나는 옳고 그름(是非)의 기준이요, 둘째는 이롭고 해로움(利害)의 기준이다. 이 두 가지 큰 기준에서 네 단계의 큰 등급이 나온다. 옳음을 고수하고도 이익을 얻는 삶이 가장 높은 단계의 삶이며(太上), 옳음을 고수하고도 해를 입는 삶이 두 번째 단계의 삶이다. 세 번째는 그름을 추종하고도 이익을 얻는 삶이요 마지막 사람들은 다산의 사상과 학문이 일가를 이룰 수 있었던 것은 정치로부터 멀리 떠나 자신을 성찰할 수 있는 극단적인 상황에 놓여 있었기 때문에 가능했다고 주장한다. 그러나 어려운 상황에 놓인다고 해서 모두가 성공하는 것은 아닐 것이다.

어려운 역경을 승화시켜 큰 일을 일궈낸 대표적인 인물로 사마천(司馬遷)을 들 수 있다. 중국의 사마천은 모략으로 국가의 엄벌을 받았는데, 남자의 심벌을 거세당하고도 이를 딛고 일어서서 그 유명한 『사기(史記)』를 썼다.

김대중 전대통령은 수많은 감옥 생활에서도 국가 경영을 위해 경제공부를 하였고, 색깔론에 시달리면서도 남북공존과 통일방법론을 구상했다. 그 결과 IMF를 잘 극복하였고, 남북화해를 유도해 냈다. 일부에서 토를 달기도 하지만 우리나라의 유일한 노벨 평화부문 수상자가 아닌가.

나는 불과 5년 전까지만 해도 다산 선생의 훌륭함에 대해서 오랜 유배생활로 고초를 많이 겪고 『목민심서』를 쓴 분 정도로 생각하였다. 최근 다산연구소에서 보내주는 이메일을 계기로 찾아 읽게 된 책에서 다산의 위정자들이 갖춰야 될 자세에 대한 지침, 그리고 인간적 고뇌 등을 기술한 것을 읽고 감탄하였다.

　다산 정약용은 어떻게 살아가는 것이 가치 있는 삶이고 의미 있는 인생인지를 깊이 있게 사색했던 분 같다.

외국인이 본 한국 사람

요즘은 제품을 판매하는 것이 아니라 이미지를 판매한 다는 말이 있다. 공급이 수요를 초과하게 되고, 기업간의 기술력 차이가 크지 않게 되면서 그만큼 이미지 가치 즉, 브랜드 가치가 중요하게 되었다는 뜻이다.

우리 민족은 예로부터 문화 민족이다. 남다른 미적 감각을 가지고 예(禮)와 악(樂)을 살려왔다. 요즘 출시되는 핸드폰을 보고 있노라면 산업 속에서도 우리 문화의 장점을 십분 살리고 있다는 생각을 하게 된다. 우리가 만든 제품은 좋은 이미지로 팔려나가고 있는데 정작 우리나라 사람들의 표정만큼은 예나 지금이나 별로 달라진 게 없는 것 같다.

지난 1995년 미국 UC산타 바바라에서 영어 연수를 받은 적이 있다. 스위스, 일본, 남미 등 전세계 각국에서 온 20여 명의 사람이 함께 했었는데, 연수 프로그램 중 다른 나라 사람들에 대해서 느낌을 적는 시간이 있었다. 다른 나라 사람들의 한국 사람에 관한 평가는 우리가 스스로를 평가하는 것과는 달리 매우 색다른 면이 있었다. 한국 사람은 매우 수줍어 한다(Shy), 매우 부지런하다(Diligent), 자기 주장이 강하다(Have Strong Opinion), 술을 많이 마신다(Drink too much), 표정이 굳어 있어 거리감이 느껴진다(Serious so feel very Distant) 등이었다.

모두 공감이 가는 지적이었다. 나는 그 중에서도 표정이 굳어 있다는 말이 아프게 느껴졌다. 우리가 무엇보다도 먼저 생각을 고쳐야 할 부분은 표정이 너무 굳어 있어 타인에게 거리감을 느끼게 한다는 것이다. 어떤 명제 앞에서 유연성을 잃고 극단적인 태도를 취하는, 자기 주장이 너무 강한 자세도 조심해야 한다.

한국 사람들에 대한 외국인들의 이런 평가에 대해 미국인 교수에게 사실이냐고 확인해 보았더니 미국인 교수도 전적으로 그렇게 느낀다고 말하였다. 자기가 가르쳤던 한국 학생들을 보면 시키는 일을 철저히 하고 룰을 철저히 따르는(Obey the rule) 반면, 창의력은 다른 외국 학생들에 비해서 현저하게 떨어진다는 것까지 지적해 주었다.

물론 이런 점은 우리나라의 학교 교육제도에서 비롯된 것이지만 그 교수의 지적은 우리가 무엇을 구체적으로 고쳐야 하는가를 잘 보여주었다. 부지런하고 성실하며 기본적인 룰을 따르는 자세는 앞으로도 살려가야 할 장점이다. 하지만 우리가 국민소득 2만 달러 시대로 진입하는 과정에 있고, 세계 13위 교역국가로서 글로벌 비즈니스를 수행하는 데 있어서 기본적인 매너와 표정관리는 매우 중요하다.

표정관리에는 비용이 들지 않는다. 단지 우리의 마음만 따뜻하게 만들면, 때에 따라서 거울을 보고 웃는 연습만 조금 하면 얼마든지 밝을 표정으로 바꿀 수 있다. 우리의 밝은 표정은 비즈니스를 성공으로 이끌 수 있는 중요한 윤활유 역할을 할 것이다. 우리가 국제사회에서 선진국으로 당당히 진입하기 위해서는 표정부터 긍정적이고 밝을 필요가 있다.

내가 본 미국과 미국 사람

나는 회사 덕분에 아내와 함께 10개월 남짓 미국 생활을 했다. 수많은 것들을 깨우칠 기회를 준 회사와 미국인 선생님들 그리고 좋은 미국인 이웃들에게 감사한다. 나는 미국 사회에서 많은 걸 경험하고 배웠다. 몇 가지 면에서 나는 미국인들을 부러워한다.

우선, 미국 사람들은 타인에게 친절하며, 한국 사람들에 비해 스스럼없고 적극적이다. 미국인들은 서로 프라이버시를 존중하며 모두 행복해 보인다. 한 백화점으로 내가 쇼핑을 갈 때마다 느낀 점인데, 거기서 일하는 사람들 대부분이 행복해 보였다. 많은 미국인들이 노인들을 보살피거나, 아이들을 지도 하거나, 노숙자들을 돌보는 등 지역 공동체에 기여하는 일에 능동적이고 자발적으로 참여한다.

돈 벌고 세금을 부과하는 데 있어, 일부 악성 정치인들을 제외하면 미국인들은 정직하고 공정하다. 미국의 공무원들이나 택시 기사, 우체국 직원 등은 시민들에게 친절할 뿐만 아니라 성실하다. 내 아내는 미국 생활 중에 바바라 카운티 시내 평생 교육센터에서 무료로 영어를 배웠는데 거기 시설이나 교사들의 태도가 매우 훌륭하였다고 말한다.

어느 나라에서든 어린이와 젊은이는 나라의 희망이다. 18세 이상 미국 청소년들이 부모의 재정적 도움 없이 산다는 점, 그리고 아이들도 부모들도 이러한 사회 제도를 모두 수긍한다는 사실이 부럽다.

한국 어린이들은 부모의 지도나 금전적 도움에 의존한다. 대다수 한국 어머니들은 아이들의 삶이나 일상에 대해 지나치게 걱정하고 참견하는 경향이 있다. 지나친 관심은 오히려 아이들이 독립심을 키우는 데 해가 된다고 본다. 불행히도 한국 어머니들은 자녀들에게 대학입시를 준비시키는 데에만 지나치게 몰두하고 있다.

자주적인 삶, 자신감, 타인 존중 그리고 사회 규칙 준수를 위한 교육도 학문적 지식과 기술, 외국어 교육만큼 중요하다.

한편 많은 미국 젊은이들이 마리화나나 코카인과 같은 마약 중독자라는 어두운 면도 있다. 일례로, 산타 바바라 카운티의 조사 대상 학생 5천 8백여 명에게 최근 6개월 내에 불법 약물을 사용한 적이 있는지 물었더니, 고등학생의 36%가 마리화나를 사용한 적이 있다고 답했다고 한다.

이런 사실은 내게 충격적이었다. 미국에서 지내는 동안 한 번은 한 미국 가정을 방문했는데, 그 가족은 내게 미국 백인의 20% 이상이 그리고 아프리카계 미국인의 50%가 자기 아버지가 누군지도 모른 채 태어난다는 얘기를 해주었다. 미국 부부들의 이혼율은 무려 50% 가량이나 된다. 부모가 이혼하여 함께 살지 못하게 되면, 아이들은 고통과 분노와 깊은 슬픔을 겪어야 한다. 이혼한 가정의 자녀들은 여러 나쁜 상황에 빠져 자칫 인생을 망칠 수도 있다. 가족의 보살핌이 없기 때문에 결국은 나쁜 친구들을 만나게 되거나, 불법 약물을 사용하게 되거나 쉽게 공격적 성향으로 되는 등 문제 상황에 휘말리게 된다.

미국 영화들이 경탄할만 하기는 하지만 대부분의 줄거리들이 총기를 사용한 폭력에 관한 것이다. 나는 그런 폭력 영화가 이를 관람하는 세계의 수많은 청소년들을 폭력적으로 만들 수 있다는 점을 우려하고 있다.

미군 병사들의 자질이 징병제에서 모병제로 바뀐 후 떨어지고 있으며, 이로 인해 일본과 한국을 포함한 외국에서 일부 문제를 야기하고 있다는 이야기를 들은 적이 있다. 미국 정부와 국민들은 미국 어린이들이 폭력적으로 변화하게 되고 범죄자가 되는 것을 미연에 방지할 방법을 모색해야 할 것이다.

나는 감히 모든 미국인들에게 1960년대 민권 운동과 같은 새로운 시민운동을 펼칠 것을 권고한다. 이 경우 폭력, 이혼, 불법 약물에 대한 반대가 핵심 과제가 될 것이다. 배운 것을 실행에 옮기는 것은 쉽지 않으나 반드시 해야 할 중요한 일이다. 한국 사람들이 미국의 많은 장점들을 깨닫도록 하는 일도 매우 중요하다. 이 일을 진행하기 위해 좀더 현명한 아이디어를 찾고 동료들과 함께 노력해 나갈 것이다. 나는 우리 회사 직원들과 친지들이 미국의 좋은 점들을 부단히 배우고 본받되, 가능하면 너무 성급하지 않게 그렇게 해나가도록 권하고 싶다.

*위 글은 1995년 10월부터 아내와 함께 10개월 남짓 생활한 미국 캘리포니아 산타 바바라에서 배우고 느낀 점을 한국과 비교해서 Santa Barbara News-Press(Tuesday, April 2, 1996)에 기고한 내용이다.

협력력은 경쟁력의 원천

어느 조직 어느 개인이나 오랜 시간 형성된 생활 패턴과 생활습관을 가지고 있다. 기업에서는 이를 기업문화라고 부른다. 내가 30여 년 넘게 삶의 터전으로 삼고 있는 포스코에도 독특한 기업문화가 있다.

어느 기업에서나 그렇겠지만 포스코인들은 엄격한 선발과정을 거쳐 입사하여 어려운 일을 잘 돌파해내고 훌륭한 업적들을 이루어서 그런지 강한 우월의식과 일류의식을 가지고 있다. 이러한 평가는 외부에서도 주어진다. 또, 포스코인들은 조직 응집력이 매우 강하다. 위기시 더 큰 힘을 발휘한다. 큰 설비 사고가 발생했을 때 그 부품을 구해 빨리 복구해 내는 능력

은 세계 최고이다.

1998년 태풍 '예니'의 600mm가 넘는 집중 폭우로 포항시에 물난리가 나고 제철소의 일부 설비가 침수되었다. 그때 포스코 직원들은 살고 있는 집에 물이 들어왔는데도 불구하고 거의 전원이 출근해 설비를 보살핀 일화를 가지고 있다.

또 포스코인은 중요한 목표가 일단 설정되면 추진력이 강하여 그 목표를 초과달성하고야 만다. 이는 안이한 목표를 설정하고 초과달성한다는 의미가 아니다. 1970년대부터 제철소를 아홉 번에 걸쳐 확장하는 과정에서 한번도 공기를 넘겨 본 적이 없다. 이렇게 공기단축의 신화를 남김으로써 건설단가를 크게 낮추었다.

그렇다고 포스코인이 긍정적인 면만 가지고 있다고 자화자찬하는 것은 아니다. 횡적협조보다 라인의 질서를 우선시하고, 범포스코 차원의 가족의식이 조금 부족한 것이 사실이다. 그러나 이러한 부분들은 모두가 개선의 의지만 갖는다면 머지않아 장점으로 돌아설 부분들이 아닌가.

힘이 있는 사람은 가만히 있어도 주변에 스트레스를 주고, 힘이 있는 사람의 짜증은 당하는 사람에게 폭력이 된다. 사실이 아닐지라도 일부 협력사, 고객사들이 포스코인들을 다소 고압적으로 생각하고 있다면 서로 돕고 이해하려는 자세가 부족함을 의미한다고 볼 수 있다.

어느 학자는 '앞으로 기업의 생사 여부는 경쟁력으로 좌우되는 것이 아니라 다양한 협력력에 의해 좌우된다.'고 강조하였다. 이 말은 네트워크가 중시되는 현대사회에서 귀담아 들어야 할 부분이다. 이미 좁아질 대로 좁아져 버린 세계시장에서 상생의 정신을 실천하지 않고 독불장군처럼 혼자서 살아남을 수 있는 기업은 없기 때문이다.

나는 후배들에게 현재 진행중인 거대한 세상 변화의 동향(Mega Trend)을 읽고, 자기만 잘하면 된다는 자세가 아니라

서플라이 체인(Supply chain)상의 이해 관계자, 경쟁사까지도 윈윈하는 협력력을 갖춰 나가자고 말하고 싶다.

협력력(協力力)은 한자로 힘을 합친다는 뜻이며 이를 실천하는 일은 비단 기업에만 적용되는 것이 아니라 개인사에도 적용되어야 할 것이다. 삭막한 경쟁 사회이지만 타인의 발전을 위해 돕고, 성과에 대한 공을 남에게 먼저 돌린다면 더 큰 결실이 되어 자신에게 돌아오리라.

넓어지지 않고 어떻게 깊어질 수가 있겠는가. 지금이야말로 우리 모두 널리 듣고 깊이 생각하며 멀리 보는 자세가 필요하다.

제조업이 강해야 경제가 산다

2002년 한반도를 뜨겁게 달궜던 월드컵의 감동은 아직도 생생하게 떠오른다. 당초 16강을 목표로 했던 월드컵 대표팀이 승승장구하면서 온 국민을 하나로 뭉치게 만들었다. 홍명보, 황선홍, 안정환의 일거수일투족에 온 국민의 탄성과 한숨이 교차했던 신명나는 여름이었다. 아시아 동쪽 끝자락의 작은 나라가 전세계를 향하여 날린 위대한 쾌거였고, 대한민국은 말 그대로 아시아의 자존심이 되었다.

월드컵 경기 중 가장 기억에 남는 장면은 8강전, 한국과 스페인의 승부차기였다. 마지막 키커로 나온 홍명보의 골 세레머니는 정말 보면 볼수록 화려하고 통쾌하여 TV에서 수십 번

재방송되었다.

개인적으로 나는 골키퍼 이운재의 활약이 월드컵 4강의 일등 공신이 아닌가 하는 생각을 한다. 사실 골키퍼의 속성상 잘해야 본전이고 못하면 역적으로 몰리기 십상인 점을 고려한다면 더더욱 그런 생각이 든다. 스페인전 승부차기 때 수문장 이운재가 스페인의 네 번째 키커 호아킨 선수의 슈팅을 선방하고 나서, 카메라를 향해 씨익하고 웃는 장면은 늠름하다 못해 차라리 가슴이 시렸던 기억이 새롭다. 또 경기 내내 보여준 우리의 관중자세는 어떠했나. 경기장 주위를 깨끗하게 치우고 나오는 모습은 세계의 이목을 한데 모은 수준 있는 시민 의식이었다.

혹시 자화자찬이라고 말하는 분이 있을지도 모르지만 그 해의 월드컵 의식 못지 않게 제조업에 관한한 우리의 실력은 선진 강대국 수준이다. 인구나 땅덩어리의 규모를 감안한다면 제조업 중에서 우리가 자부해도 좋을 만한 분야가 적지 않은 것이 사실이다.

우리나라 조선업체의 세계 시장 점유율은 2004년 3분기를 기준으로 41%이며, 반도체 중 D-Ram 부분 역시 40%을 초과하였다. 또한 전세계 200여 국가 중 자기 나라 브랜드를 가진 자동차 생산국 5개국 중의 하나이며, 화학, 철강 등 우리나라

제조업의 국제경쟁력은 규모 면에서나 질적인 면에서 손색이 없다고 말할 수 있다.

이러다 보니 현재 우리나라는 세계에서 가장 철강을 많이 쓰는 철강 다소비국으로서 1인당 연간 철강소비량이 일본의 578Kg, 미국의 338Kg, 중국의 208Kg을 휠씬 상회하는 947Kg의 철강을 소비하고 있다. 포스코는 외국인 주주가 70% 정도이지만 한국에 필요한 4,700만 톤의 철강 소요 중에서 거의 절반(내수기준 47%, 수출을 내수로 전환한다고 했을 때 62%)을 공급하고 있다.

특히 포스코는 조선과 자동차, 기계 산업들에게 양질의 소재를 안정적이면서도 상대적으로 경쟁력 있는 가격에 공급해 줌으로써 이들이 세계적인 기업으로 성장할 수 있도록 대한민국 제조업의 수문장 역할을 하고 있다.

실제로 2000년도에 동아일보는 미국의 기업과 한국의 기업을 축구에 비유하면서 미국 경제의 대표적 골키퍼인 코카콜라에 비교할 수 있는 한국 기업으로 포스코를 들 수 있다고 발표한 적이 있었다.

아무나 철을 만들 수는 없다. 철은 철든 사람이 만들어야 제 가치를 다하고, 철든 사람만이 맏형으로서 역할을 묵묵하게 수행할 수 있다고 믿는다.

화려한 시절

나는 포스코에서 34년(1년 휴직 포함), 결혼생활도 33년이 되었다. 이 가운데 가장 화려했던 시간은 경영정책부장으로 있었던 시절이다. 경영정책부는 회사의 브레인들이 모여 경영환경을 분석하고 회사의 전략을 입안해서 세부적인 계획을 세워 추진하는 부서였다. 그러다 보니 동료들의 고생은 이루 말할 수 없이 많았다. 하지만 회사에서 중추적인 역할을 한다는 자부심을 가지고 나름대로 보람도 찾았던 시절이다.

정책을 수립하는 부서는 겉으로야 화려해 보이지만 직원들은 스트레스를 많이 받는다. 물건이 오고가는 판매나 구매도 아니고 눈에 보이지 않는 많은 부분을 눈에 보이는 것처럼 문서로 만들어야 하는 업무이기 때문이다. 퇴근 후나 주말에도 머리 속에서 끊임없이 보고서에 들어가야 할 문장이 소용돌이 치곤 한다.

나는 경영정책부장을 맡으면서 직원들에게 정책수립의 중요성을 누누이 강조했다. 회사의 방향을 어떻게 잡느냐에 따라 기업의 존폐가 갈리고 직원들의 삶도 달라질 수 있기 때문이다.

그 당시 마음을 다잡기 위해 '경영정책부원의 마음가짐'이란 문구를 만들어 외우고 실천하도록 하였다. 때때로 회식 장소에서 직원들에게 문구를 외워보라고 주문하기도 했다. 외우지 못하는 직원에게는 좀 심통 사납게 소주를 따라주지 않아 원망의 소리를 듣기도 했다. 사무실에 액자로 걸어두고 외우게도 하였고, 부장이 수시로 점검까지 하는 극성을 부리자 직원들은 밉보이지 않기 위해 심지어 화장실에서 외우는 사람까지 있었다.

경영정책부원의 마음가짐

우리 경영정책부 가족은 회사에는 비전을 제시하고 서로 위함으로써 내가 속해 있는 조직을 활성화하고 일함에 있어서는 상하간에 경중완급(輕重緩急)을 일치시켜 중요한 일의 시기를 놓치지 않으며, 회사와 나의 위치를 항상 확인하여 앞서가도록 하자.

· 매사에 솔선수범하여 항상 앞서가는 정책부원이 되자
· 비전을 제시하고 실천하는 정책부원이 되자
· 회사에 기여하고 있다고 자타가 인정하는 정책부원이 되자
· 즐겁게 일하고 운동하며 단합하는 정책부원이 되자

내가 썼던 이들 문장 중에서 가장 중시하는 단어를 들라면 '경중완급'이다. 개인생활이나 회사생활, 국가에 있어서 일의 무거움과 가벼움, 급함과 급하지 않음을 판단하는 일은 대단히 중요하다. 왜냐하면 인간이 신이 아닌 이상 모든 일을 완벽하게 할 수 없고, 기업은 제한된 자원을 가지고 최대의 효과를 내야 하기 때문이다.

경중완급은 CEO에서 종업원에 이르기까지 어떤 일이 중요하고 중요하지 않고, 어떤 일이 급하고 급하지 않은지 판단하는 것이며, 이러한 판단은 여건의 변화에 따라서 계속 수정되어야 한다.

간혹 실력 있고 성실한 직원 중 이러한 판단을 잘하지 못해 제대로 평가받지 못하는 사람 있다. 자신의 실력을 제대로 평가받기 위해서도 때를 맞추는 분별력이 필요하다. 경영정책부

장 시절 수없이 경중완급을 강조하다 보니 나의 별명은 어느
새 경중완급(輕重緩急)이 되었다.

연극과 명랑직장

1991년 경영정책부장으로 근무할 때 조직활성화의 일환으로 연극을 한 적이 있었다. 회사가 어떻게 하면 현장 제일주의를 실천하고, 고객에 대한 서비스를 잘 할 수 있을까를 고민하던 중 연극을 한번 해 보면 어떨까 하고 생각해 보았던 것이다.

사실 우리나라가 고도성장을 이어가던 1991년만 해도 수요보다는 공급이 부족했기 때문에 대다수 제조업체들에 생산자 위주의 문화가 팽배해 있었던 게 사실이다. 이러한 조직문화를 바꾸기 위해서 회사에서 캠페인도 펼치고 실천대회도 가지곤 하였지만 일시에 문화를 바꾸기는 말처럼 그렇게 쉽지 않았다.

경영전략을 수립하고 경영층을 보좌해야 하는 바쁜 업무 중에도 연극을 하기 위해 직원들에게 시나리오를 공모했고, 선택된 시나리오를 가지고 역할을 분담해서 연습하였다. 연극 제목은「올챙이보다 개구리가 좋다」였고, 고객에 대한 직원들의 고자세를 중심으로 벌어지는 사건과 부서간의 업무협조가 잘 안 되는 부분을 주된 소재로 삼았다.

직원들은 일과 후에 고객과 과장, 담당자 등으로 나뉘어 대본을 외우고 실제 연기를 하는 등 한 달 간 맹연습을 하였다. 연습을 마친 후 직원 가족들을 전부 초청해서 공연을 하고 주연상, 조연상도 주었는데 벌써 10년이 훨씬 지난 이 일이 회사 생활에서 가장 좋은 추억으로 남는다.

모두 처음 해보는 일이어서 어설펐지만 그래서 더 진솔하게 다가갔는지도 모른다. 공연 내용을 촬영하여 임원회의에 보고하고 주변으로부터 호평을 받기도 했다.

사실 기업문화를 바꾸거나 누구에게 무엇인가를 배우는 것은 힘든 일이다. 말을 백번 듣는 것보다 한번 보는 것이 낫다고 했다(백문이 불여일견). 그러나 나는 백번 보는 것보다는 실제로 한번 행하는 것이(백견이 불여일행), 그리고 백번 행하는 것보다 그것을 가르쳐 보는 것이 더 효과적이라고 생각한다.

　조직에서 문화를 바꾸기 위해서는 리더가 스스로 먼저 변해야 하는데 조직 전체를 변화의 분위기로 만드는 데 연극공연은 재미있기도 하고 효과도 좋았던 접근 방법이었다. 당시 같이 연극하고 고생했던 사람들에게 더 친근함이 느껴지고, 지금까지 회사의 중요한 위치에서 중추적 역할을 하는 사람들이 많은 이유도 그러한 연유인지 모르겠다.

전체는 부분의 합보다 크다

포스코는 1968년 자본도 경험도 기술도 없던 허허벌판에서 탄생하고 성장하였다. 1992년 25년이라는 단기간에 2100만 톤 생산체제를 갖춘 굴지의 철강회사로 비약적인 발전을 한 것을 두고 사람들은 영일만과 광양만의 신화라고 불렀다.

그 이후에도 포스코는 경영혁신을 지속하며 꾸준히 노력한 결과 포천, 비즈니스 위크, 포브스 등 세계 유수의 전문 기관들로부터 세계 최고의 철강회사라는 평가를 받고 있다. 포스코가 이처럼 성공할 수 있었던 데에는 박태준 최고 경영자의 리더십, 정부의 적극적인 지원, 임직원의 헌신 등 무수한 요인

을 찾을 수 있을 것이다.

하지만 포스코에 몸담고 있는 사람으로서 스스로를 냉정하게 돌아볼 때 아직까지 미흡한 점이 많다고 생각한다. 『경영학의 진리체계』의 저자 서울대 윤석철 교수가 포스코 인재개발원에서 강의한 바에 의하면 구성원들의 전문성과 능력이 일류가 되었을 때 비로소 세계 초일류 기업이라고 부를 수 있다고 한다.

포스코에서 오랫동안 경영정책, 기획의 실무를 했던 입장에서 보면 세계 최고의 철강기업이라는 명성에 비해 직원들의 자질이 아직까지는 부족하다는 생각이 든다. 그럼에도 불구하고 포스코가 세계 최고의 성과를 내는 이유는 과연 무엇일까? 나는 이 문제에 대해서 때로는 최고경영진에게 묻기도 하였고, 때로는 스스로 답을 얻기 위해 노력하였다.

포스코가 세계 최고의 성과를 내고 있는 이유는 종업원들의 열정, 응집력, 최고의 생산성을 유지하는 운영능력 등이 한 데 어우러진 결과가 아닌가 싶다. 즉 전체가 부분의 합보다 훨씬 크게 나타나 다른 경쟁사들이 모방하기 어려운 핵심 역량으로 자리잡았다고 생각한다.

그릇이 한 쪽으로 기울면 충분한 양의 물을 담을 수 없다. 포스코는 부문적으로 볼 때는 최고가 아닐 수 있지만 종합능력 면에서는 세계 철강업계에서 최고라는 말이다.

주변에서 혼인 적령기에 접어든 사람들이 이것저것 따지다가 시집 장가를 쉽게 못 가는 경우를 많이 볼 수 있을 것이다. 돈 많은 사람, 잘 생긴 사람, 머리 좋은 사람 등 한 분야에서 두드러진 사람을 만나기는 쉬워도 조금씩 모든 조건을 다 갖춘 사람을 만나기는 쉽지 않다고 한다.

포스코가 오늘날 세계 최고의 철강사로 성장할 수 있었던 데에는 어느 하나의 특별한 힘에 의해서가 아니라 조직을 구성하고 있는 요소들의 조화로운 결합의 결과이다.

완벽주의와 6시그마적 사고

우리 사회의 고쳐야 할 대표적인 병폐 중 하나가 적당주의이다. 적당주의는 부실공사, 부실기업 양산 등 갖가지 부작용을 낳기도 했다. 우리 사회에 이렇게 적당주의가 넘쳐나는 이유는 사용하는 언어나 사고방식에 문제가 있기 때문이라고 생각한다. 우리의 언어습관을 살펴보면 데이터나 구체적인 자료에 근거하기보다 추상적이고 모호한 단어들을 사용하는 예가 대부분이다.

요즘 국내외 기업에서 유행처럼 확산되어 가고 있는 말이 6시그마인데, 사실과 데이터에 근거하여 불량률을 최소화한다는 측면에서 적당주의를 극복할 수 있는 방법 중 하나라고 생각한다.

회사의 비제조 분야에서 오랫동안 일해 온 나로서는 6 시그마라는 품질관리 프로그램에 대하여 쉽사리 친숙해지기 어려웠고 또 마스터 블랙 벨트(MBB: Master Black Belt)들이 통계 프로그램으로 작성해 보여주는 과제 산출물에 대해서도 이해하기가 쉽지 않았다. 어쨌든 GE를 비롯한 세계 유수의 회사는 물론 국내의 삼성, LG 등이 6시그마를 도입하여 많은 성과를 내고 있다는 사실에 주목하고 있었다.

그러던 중 나는 다른 여러 임원들과 같이 6시그마의 창시자인 마이클 해리 박사로부터 직접 6시그마의 기본 철학과 사상을 듣는 기회를 가지게 되었다. 그 분이 말하는 6시그마는 단순히 제품의 품질을 높이는 활동이 아니고 비즈니스의 품질을 높이는 경영 혁신 프로그램이라는 것이며, 이를 효과적으로 달성하기 위한 임원들의 리더십을 강조하는 것이었다.

그의 논점은 6시그마적 사고가 회사는 물론, 우리의 일상사에도 매우 유용하게 적용될 수 있다는 것이었다. 요약하면 첫째, 어떤 문제에 대해 자신의 감이나 경험에 의존하여 즉시 의사결정을 내리지 말고 먼저 사실과 데이터에 근거하라. 둘째, 모든 조직(회사)에는 수많은 프로세스가 존재하는데 이 프로세스를 대변하는 지표들이 들쑥날쑥 하다는 것이었고, 이 흩

어진 수치의 간격을 감소시키는 일이 회사에 대단히 중요한 일이다. 마지막으로 마이클 해리 박사는 Y=f(x)로 표현되는 인과관계(因果關係)에 의한 사고방식을 강조하였다. 즉, 대부분 사람들은 나타난 결과만을 가지고 갑론을박을 하고 이를 임시변통으로 해결한다는 것이었다. 따라서 문제의 근본적인 해결을 위해서 결과에 선행하는 근본원인에 초점을 맞추는 것이 더 중요하다는 사실이다. 또한 근본원인을 찾아내는 작업은 불필요한 시간을 소비하는 것처럼 보이지만 근본원인에 대응하는 해결안을 도출할 수 있기에 결코 무의미한 시간이 아니라는 내용이었다.

또한 마이클 해리 연구소의 풍부 선생은 6 시그마를 이렇게 진단하였다. 만일 어떤 회사에 우수한 인재가 많다면 그들은 자신의 회사에 존재하는 수많은 프로세스의 산포를 줄이기 위해 노력을 하게 될 것이고 그러면 고객의 만족은 자연히 높아질 것이며 결과적으로 회사에 재무적 성과로 가시화된다는 평범한 사실에 인과관계의 원리가 존재한다고 설명하였다.

나는 위의 수준 있는 강의를 통해 6시그마가 왜 고객만족의 경영 철학이고, 기업 경쟁력 확보 전략이 되는지 공감할 수 있었다. 그리고 포스코 이구택 회장께서 회사의 6시그마 목표를 인재양성으로 정한 이유와 6시그마가 회사의 비전과 전략

을 달성하는 강력한 도구(Tool)가 된다는 사실을 상당 부분
이해할 수 있었다.

을 달성하는 강력한 도구(Tool)가 된다는 사실을 상당 부분
이해할 수 있었다.

4부_일관제철소와 오케스트라

우리가 각자 가정생활이나 조직생활에서, 또는 국가간 외교에서, 상대의 입장이 되어 바꿔서 생각해 보고 배려해 주면 얼마나 일이 잘 풀릴까. 특히 군사적·경제적으로 미국과 같은 강대국이 약소국 입장에서 생각해 보면 어떨까. 부자가 가난한 사람 입장에서, 기독교·불교가 상대 종교의 입장에서 생각해 보면 국가간 또는 종교간 분쟁이 얼마나 많이 해소될까.

청암(靑巖)과의 인연

1970년 가을에 포스코(당시 포항제철)에서 대졸 신입사원을 뽑는다는 것을 알게 되었다. 당시 대학교 졸업 예정자였던 나는 이미 합격하였던 은행을 접고, 철강업이 국가 경제에 매우 중요하고 비전 있는 업종으로 판단하여 진로를 바꾸기로 결심했다. 34년간 포스코 성장과 궤를 같이 하고 포스코를 삶의 터전으로 생각하며 이 길을 달려오는 동안 나에게 큰 가르침을 주셨던 분들을 떠올려 본다.

형님처럼 꼼꼼하게 실무를 가르쳐주신 송기환 사장, 회사에 실질적인 기여를 하도록 그리고 중추적인 역할을 하도록 항상 지침을 주고 업무를 통해 교육을 시켜주신 박득표 사장, 기획은 외로운 것이라는 말씀과 함께 항상 논리적이고 전략적으로 사고하라며 끊임없이 정통한 교과서처럼 훌륭한 지침을 주신 황경로 회장, 중요한 사안은 책임질 사람이 결정하고 결정한 사람이 책임진다고 강조하신 유상부 회장 등 그분들의 가르침은 내 앞을 비추는 불빛과도 같았다.

그러나 이분들과 함께 동고동락하며 오늘날의 포스코를 키우는 데 혼신을 다 바치신 청암(박태준 명예회장의 호)을 잊을 수 없다. 오늘날 우리 경제가 이만큼 성장하고, 개인적으로도 철과 경제를 이해할 수 있었던 데에는 박태준 명예회장이 있었기 때문이다.

그분과의 인연은 신입사원 면접에서부터 시작되었다. 그 당시 청암은 박정희 대통령으로부터 조국 근대화라는 국가적인 과제를 떠맡고 제철입국을 실현하기 위해 황량한 영일만의 모래벌판 위에서 노심초사하던 때였다. 청암의 눈빛은 빛났고 질문은 단호했다. 그는 내 의지를 시험하듯 어떠한 고통도 감내할 수 있는지를 물었다.

65대 1이라는 어려운 관문을 뚫고 모래바람이 부는 포항제철소 건설 현장 사무실에 출퇴근하였던 일, 열연공장 콘크리트 타설이 목표에 미달하여 레미콘 운전자를 밤새도록 체크했던 일, 3기 건설 당시 별동대에서 했던 일 등 박태준 명예회장을 떠올릴 때마다 무섭고, 그대로 하지 않으면 안 된다는 강박관념에 사로잡혀야 했다.

1978년 원화의 평가절하로 차관을 많이 쓰고 있던 회사가 곤경에 처해 회장께서 대책을 세우지 않았다고 꾸지람하셨을 때 감히 일개 과장으로서 혼내는 것보다도 대책을 세우는 것이 더 중요하다고 직언을 한 뒤 불안해 하기도 하였다.

심사분석 과장으로서 전 간부와 임원들이 참석한 운영회의에서 매달 회사의 경영성과를 시나리오 없이 브리핑하고 잘하면 잘한 대로 못하면 못한 대로 현장의 각 공장장들을 지적하고 칭찬하면서 많은 지침도 받았다.

경영조사부장 때는 한 임원회의에서 네 번씩 일어서서 세계 철강업계 현황, 외국 철강사의 사례 등에 관한 질문을 받고 혼도 나고, 일부는 미리 준비해서 대답을 잘했던 일도 생각난다.

1989년 9월 우리나라가 경제적으로 어려울 때 국민들이 너무 흥청망청하는 것을 보고 내가 고심해서 만든 '한국경제 위기와 포철인의 자세'를 브리핑했다. 그 내용에는 아르헨티나는 샴페인을 너무 일찍 터트렸다는 내용도 있었다. 회장으로부터 감사하다는 표현까지 할 정도의 칭찬을 받고 그 자료를 가지고 협력사, 계열사, 지방자치단체까지 설명했던 것도 생각난다.

박태준 회장은 "내 업무의 90%가 외압과 싸우는 일"이라고 하면서 포스코를 둘러싼 정치와 여러 가지 실세들의 외압이 끊임없이 일어나고 있음을 말하였던 것도 눈에 선하다.

1994년 김영삼 정부가 들어서고 명예회장을 비롯한 많은 분들이 포스코 경영에서 물러나신 후 아현동 자택에서 은둔생활을 할 때 다른 동료들로부터 근황을 전해 듣고 눈시울을 적시기도 했다.

1996년 명예회장이 미국 뉴욕에 있을 때 나는 산타 바바라에서 연수 중이었는데 전화를 걸었다가 혼났을 때와 스탠포드 대학 졸업식에서 만나 반가워했던 일도 기억난다.

1997년 한보에 손근석 사장과 함께 관리책임자로 가도록 인사명령을 냈을 때 여러 가지를 고려해서 안 가겠다고 했는데, 박태준 명예회장이 "최광웅 그 친구 참!"이라고 말씀하셨다는 것도 전해 들었다.

2001년 고비사막의 주천강철에 직접 가서 박태준 명예회장의 경영철학과 관리예술에 대해 설명할 때도 자랑스러웠다.

또한 2003년 이구택 회장, 강창오 사장과 함께 찾아뵈었을 때, "사람은 누구나 잘못은 있을 수 있고 실수를 줄이려고 계속 반성하고 있다."고 말씀하신 것이 아주 감명깊다. 그러시면서 '온고지신(溫故知新)'이라는 글을 직접 써 우리들에게 가르침을 주셨다.

오늘의 포스코가 세계적으로 가장 경쟁력 있는 회사로 성장한 이유는 설비도입부터 건설, 원료수입에 이르기까지 모든 인프라를 철저하게 구축하고, 제철보국, 우향우정신, 자원은 유한·창의는 무한이라는 기본정신을 청암께서 철저히 교육시킨 결과이다.

청암 박태준 명예회장의 업적을 단 몇 줄로 얘기하는 것은 있을 수 없는 일이지만, 이대환 씨가 쓴 『세계 최고의 철강인 박태준』이라는 저서와 『포스코 35년사』, 또한 포스코 역사관

에서 그의 흔적을 보고 많은 사람들이 배울 수 있게 된 것을
자랑스럽게 생각한다.

에서 그의 흔적을 보고 많은 사람들이 배울 수 있게 된 것을

자랑스럽게 생각한다.

외국인 경영자에게서 배운다

이미 잘 알려진 대로 샌프란시스코 근교의 실리콘 밸리(Silicon Valley)는 디지털 문화의 메카이다. 오늘날 실리콘 밸리가 성공할 수 있었던 이유는 스탠포드 대학을 비롯한 미국 유수의 대학과 산학연의 체계가 유기적으로 결합되어 있었기 때문이다.

나는 디지털 시대가 본격적으로 전개되기 전인 1996년에 스탠포드 대학에서 7주간 경영자과정 수업을 받은 적이 있다. 이 과정의 참가자는 4,50대의 경영자가 주력을 이루었고, 출신 나라를 보면 미국인이 50%, 기타 다른 나라 사람이 50% 섞여 있었다. 한국에서는 나를 포함하여 LG, 삼성 등에서 9명이 함께 했다.

그런데 함께 한 한국 사람들은 대부분 국내 유수의 기업에서 선발되어 왔음에도 불구하고 대부분이 영어로 원활하게 의사소통을 하지 못했다. 영어로 된 문서를 읽을 줄은 알아도 의사를 자신 있게 전달하지 못하는 모습은 답답함을 넘어 안타까움을 느끼게까지 했다.

이 수업에서 우리나라와 외국의 다른 특징은 일하는 방식이었다. 나의 경우 먼저 아이디어를 내고 직원에게 일을 시켜서 검토하고, 결심하는 수순으로 일을 진행하는 반면 다른 나라 사람들은 핵심적인 중요한 일은 자기가 손수 하고 부수적인 일만 직원에게 시키고 있었다.

그리고 컴퓨터를 다루는 솜씨도 우리보다 능숙하였고, 특히 중요한 것은 어떤 프로젝트를 검토할 때 간이 내부수익률, 간이 현금흐름표, 간이 손익계산서, 대차대조표 등을 이용하여 즉시 사업성을 판단했다. 매우 놀라웠다.

사실 1980년대까지만 하더라도 과장만 되면 실무는 안 해도 되는 분위기였다. 책상에 앉아 있다가 결재란에 결재만 하면 할 일을 다하는 셈이라고 생각하는 사람이 많았다. 시대가 바뀌어 1990년대는 중간관리자도 일정 정도 실무에 참여해야 했고, 2000년대에는 임원들도 중요한 일을 직접 처리하는 자세를 갖추지 않으면 살아 남기 힘든 시대가 되었다.

개인적인 의견으로 디지털 세대와 아날로그 세대를 구분할 때 직접 안 하려고(아날로그) 하는 세대가 아날로그 세대이고, 직접 하는 세대는 디지털 세대라고 생각한다.

지금은 많이 개선되었지만 한국의 경영자 중에 중요한 문서를 자신이 직접 처리하는 사람이 몇 명이나 될까? 시대의 흐름을 읽고 직원들과 함께 호흡하기 위해서 경영자가 중요한 일을 직접 하는 모습이 필요하다고 본다.

일관제철소와 오케스트라

2000년대 들어 디지털 시대라는 말이 설득력을 얻고 있지만 나는 우리가 살고 있는 이 시기를 철기 시대라 부르고 싶다. 우리가 사용하는 작은 바늘에서 선박, 자동차, 냉장고, 텔레비전 심지어 첨단 반도체에 이르기까지 철을 소재로 사용하지 않는 물건이 없기 때문이다.

자연상태의 철광석을 이용해 철이 생성되기까지는 여러 과정과 많은 사람들의 손길이 필요하다. 철광석과 원료탄을 용광로에 넣어서 쇳물을 생산한 후(제선), 이것을 다시 전로(轉爐)에 넣고 산소를 불어 넣어 불순물을 제거한 다음 필요한 성분을 첨가시켜 쇳물의 성분을 조절한 후(제강), 이렇게 생산

된 쇳물을 주형에 부어 서서히 냉각시키면서 적당한 크기의 쇳덩어리로 굳힌다(연주). 여기서 생산된 쇳덩어리는 다시 두 개의 롤러 사이를 통과하면서 압착되어 납작한 판재나 떡가래 같은 길쭉한 봉재 혹은 선재로 가공된다(압연).

좀더 쉽게 설명한다면 철강을 생산하는 공정은 철광석과 원료탄의 예비처리를 거쳐 용광로에 투입한 후, 대략 1,200도 정도의 쇳물을 뽑고, 이것이 다시 제강, 연주 과정을 거쳐 무거운 쇳덩어리로 굳힌 후 가공 처리해 통상 15~20톤 정도 하는 두루마리 형태의 철강제품이 만들어지는 일련의 연속 과정이라 하겠다.

따라서, 원료 야드로부터 제품부두, 용광로에서부터 최종 제품이 만들어지는 공정까지, 일관제철소는 복잡 다양한 시설과 설비 그리고 인력들이 마치 지휘자의 손끝에 따라 관악기와 현악기 그리고 타악기가 하나의 몸으로 자유롭고도 질서있게 움직이는 것처럼 보인다. 아름다운 화음을 일관되게 엮어내는 오케스트라 같다고 할까.

철강산업은 앞서 살펴본 생산공정상의 성격상, 다음과 같은 특성을 가진다. 첫째, 철강산업은 자본집약적 장치산업이기 때문에 일인당 투하 자본이 매우 크고, 규모에 비해 적은 인원이 근무하고 있다. 따라서 막대한 자본이 투입된 거대한 설비의 가동률이 경쟁력의 핵심요인 중 하나이다.

둘째, 수요변화에 대응한 생산량 조정이 대단히 어렵다. 고온의 쇳물을 생산하는 고로 조업의 특성상 24시간, 365일 연속 조업을 해야 하므로 생산량을 대폭 줄이기 어렵고, 생산량을 늘리고자 해도 거대한 설비를 계획하여 건설하고 가동하기까지 오랜 시간이 걸려 일시적으로 생산량을 늘리기가 어렵다.

셋째, 철강 생산 설비나 기술을 새로이 도입하는데 막대한 자본이 들고 한번 도입된 기술이나 설비는 반도체 등 다른 산업에 비해 수명이 비교적 길기 때문에 도입에 신중해야 하며, 도입 시기를 놓치게 되면 경쟁력을 잃어버리게 된다. 예를 들어 60년대 후반, 70년대 초, 소형고로에서 대형고로로, 평로에서 전로로, 분괴 공정 없이 연주화되는 프로세스 변혁기에 미국 철강업계는 새로운 공정기술을 도입하지 않았는데 이것이 현재 미국 철강업이 경쟁력을 잃어버리게 된 요인 중 하나이다.

포스코는 우리나라에서 유일한 일관제철회사이다. 일관제철이라 함은 앞서 설명한 제선, 제강, 연주 과정을 거쳐 철강제품을 생산하기 위한 중간 소재를 만드는 상공정과, 중간소재를 압착, 가공하여 철강제품을 생산하는 하공정을 동일 장소에서 함께 보유한 것을 말한다. 이와 비교되는 개념으로 상공정 없이 하공정만 가진 제철소를 단압밀이라고 한다.

포스코는 현재 포항과 광양에 두 개의 현대식 일관제철소를 가지고 있다. 포항제철소는 열연, 냉연, 도금, 후판, 전기강판, 선재, 스테인리스 등 다양한 품종의 제품을 소량 생산하고, 광양제철소는 열연, 냉연, 도금의 3 종류의 제품만을 대량 생산하는 방식으로, 상호 보완적인 생산 및 판매체제를 구축하고 있다. 특히, 광양제철소는 원료의 하역부터 제품의 발송까지 전 프로세스가 일직선으로 배치되어 세계에서 가장 효율적인 일관제철소로 불리운다.

어떤 사람은 철강산업을 사양산업이라고 얘기하는데, 이는 한 국가의 경제발전 정도(인당 GDP)와 산업구조에 따라 철강 산업이 한 국가의 국민총생산에서 차지하는 비중이 작아지기 때문에 하는 이야기일 것이다. 그러나 오늘날과 같이 철강 산업이 국가 기간 산업이라는 종래의 관념에서 탈피하여 국가간 장벽이 없어지고 있는 현실에서는, 전 지구촌을 무대로 새로운 시장을 얼마든지 개척할 수 있다는 점에서 성장산업이라는 생각이 든다.

누가 알아주거나 말거나 눈비가 오거나 말거나 쇠를 만드는 철인들은 오늘도 묵묵히 우리 경제의 커다란 한 축인 철강제품을 생산하며 철의 오케스트라를 연주하고 있다. 포스코의 광고 카피처럼 소리 없이 세상을 움직이고 있는지 모른다.

　　당신이 몰라 주셔도

곁에 있는 것만으로도 저는 행복합니다.

놀이터의 미끄럼틀이 철이라는 것을 몰라 주셔도,

자전거의 바퀴에 철이 있다는 것을 몰라 주셔도,

그리고 그 철을 만드는 포스코를 몰라 주셔도 좋습니다.

철이 있어 사람들이 조금 더 행복해지고

철이 있어 세상이 조금 더 편해지는 것만으로

철도, 포스코도 행복하니까요

세상을 향한 철의 마음이 그저 짝사랑일지라도

포스코는 언제나 첫 마음 그대로 노력하겠습니다.

— 광고 카피 일부

신비의 땅에서 희망의 땅으로

　내가 인도를 처음 방문한 것은 1987년 여름이었다. 그리고 17년 만인 2004년 12월 초에 두 번째로 인도에 다녀왔다. 우리나라의 많은 명상가나 종교인들이 갠지스강이 흐르는 신비의 땅을 방문하고 삶의 의미를 새롭게 깨닫는 것은 책을 통해 알고 있었다.

　나의 두 번에 걸친 방문은 모두 기업인으로서 새로운 사업 기회를 모색하는 목적이었기 때문에 일반 여행객이나 성자들의 방문과는 보는 시각이 다를 수밖에 없었다.

　처음 방문했을 때 델리에서 받았던 느낌은 부정적인 요소 일색이었다. 한여름이어서 기온은 섭씨 40도를 넘나들며 푹푹

쪘고, 여기저기서 악취가 풍겼다. 건물이나 거리는 칙칙하였고 사람들은 가난에 찌든 듯 무표정해 보였다. 그러나 17년만에 다시 찾은 인도는 과거와 사뭇 달랐다. 12월이라 델리의 날씨는 최고기온이 섭씨 25도 정도로 쾌적했으며, 거리는 활기차고 생동감이 넘쳤다. 여기저기 새로운 도로가 깔리고, 건물들이 올라가고 있고, 화려한 광고물과 수많은 나무들이 어우러져 한층 밝은 모습을 연출하고 있었다.

처음 인도를 방문했을 때 거대한 인도의 단 몇 지역, 긴 시간의 흐름 중에서 단지 며칠간 인도를 보고 마치 다 아는 것처럼 생각하지 않았나 반성해 보았다. 그래서 이번 인도 출장도 '장님 코끼리 만지기'를 또 반복한 건 아닌지 조심스러워하면서 내 나름대로 '가난하지만 희망이 있는 땅'이라는 생각을 가져보았다.

인도는 경제적으로 아직도 많은 어려움에 시달리는 나라이다. 2003년 1인당 GDP가 560달러로 중국의 절반, 중국의 10여 년 전 수준이며, 국민의 약 20%가 절대빈곤층에 속한다. 국내 자본의 빈약과 인프라의 낙후는 야심적인 경제계획 수행에 장애요소가 되고 있다. 그러나 정치적 안정과 외부에 크게 의존할 필요가 없는 풍부한 천연자원, 전체 인구의 절반이 넘고 아직도 증가 일로에 있는 젊은 노동인력 등 경제의 밝은 장래를 약속해 주는 긍정적인 측면도 많이 가진 나라이다.

인도는 최근 10년 간 연평균 6%대의 경제성장을 지속하고 있으며, 향후에도 최소한 10년 간 연평균 7~8%대의 지속 성장이 가능할 것으로 전망되고 있다.

최근 들어 우리 기업들도 인도를 무한한 기회의 땅으로 생각하고 새로운 진출을 모색하고 있다. 포스코도 인도의 풍부한 철광석 자원 활용을 통한 안정적 원료 확보와 회사의 성장을 위해 인도에 대규모의 철강 투자를 검토하고 있다.

우리가 다른 나라에 투자를 검토할 때는 화학적인 결합이 무엇보다 중요하다. 다른 나라를 단순한 개발의 대상이나 투

자의 대상으로만 생각해서는 안 되고 그들의 문화와 역사를 깊이 이해한 상태에서 그 나라의 경제발전에 기여한다는 겸손한 자세가 필요하다.

단기간에 수익을 얻고 빠지겠다는 얄팍한 상술을 가지고서는 십중팔구 실패하기 마련이다. 우리들이 인도 투자를 검토하고 추진할 때 인도를 '忍道(인도)'로 이해, 그들과 협력하여 인도의 번영도 돕고 함께 성장할 수 있는 '윈윈'의 지혜를 찾아야 한다.

나는 왕자병 환자

올해로 88세 미수(米壽)인 모친께서는 큰아들을 세상에서 가장 훌륭한 사람으로 굳게 믿고 계신다. 아내 또한 남편이 다소 쌀쌀맞을지언정 회사에서 굉장히 유능하여 다른 사람들에게 칭송받는 줄로 생각한다. 더욱 문제는 때때로 내 스스로가 유능하고 인간미 넘쳐 회사 가치 제고에 실질적으로 기여했다고 착각하는 경우이다.

34년의 회사 생활 동안 고락을 같이 한 동료들이 나의 특징과 나에 대해 칭찬해 준 사항을 되돌아보며 사랑하는 자녀, 후배들에게 전하고 싶은 마음 몇 줄을 적어 본다.

왕자병에 걸린 나 또한 충분한 권한위임을 제대로 하지 못하고, 때로 부하 직원들을 옴짝달싹하지 못할 정도로 세심하게 관리하는 단점이 없지 않지만 이런 것들은 이 순간 왕자의 망토 아래 묻어 두고 싶다.

포스코 사람들이라면 가만히 앉아 있는 사람에게 성공이 오지 않는다는 것쯤은 다 잘 알고 있을 터이다. 자본도, 기술도, 경험도 전무한 상태에서 세계 최고의 제철소를 건설하고 영일만의 신화를 창조한 선배들로부터 자랑스런 포스코 정신을 물려 받았기 때문이다.

나는 이러한 선배들의 포스코 정신을 실천하려고 무던히 노력해왔다. "No Pain, No Gain(고통 없이는 얻는 것도 없다)", "정성을 다해 가치 있는 일을 하고 또한 스마트하게 처리하자" 이러한 잠언들을 통해 항상 내가 먼저 몸으로 보여주려고 노력했다. 학벌 좋고 유능할 것 같은 자의 게으름을 용납하지 않고, 업무수행 과정에서 관련 부문의 의견을 모두 고려하여 치밀하게 '최적의 대안'을 찾는 일을 강조한다. 실천으로 옮길 수 없는 계획은 무의미한 것에 다름없다. 결국 실사구시(實事求是)가 중요한 것이다.

나아가 '현상 유지는 퇴보이며 혁신은 선택이 아니다'는 기본자세를 가지고 끊임없이 혁신을 추구해야 발전할 수 있고, 대안 없이 문제만 제기하거나 개선점 제시 없이 과거를 부정하고 매도만 하는 보고서나 기획안은 절대 용납하지 않는 법고창신(法古創新) 정신을 고집했다.

신뢰하는 인재를 발굴하여 최적의 일을 맡겨 최고의 인재로 육성하려고 노력했고, 내 산하에 가면 일은 고되지만 승진제조기라는 별명은 들을 수 있도록 인사문제에 있어서도 최선을 다했다.

"자신의 1/3은 회사 자산이다."라고 나는 즐겨 이야기한다. '요즘 같은 개인주의 시대에 개인을 회사 자산으로 간주하다니 말이나 되느냐'라고 생각하는 사람들이 있을지 모르겠지만, 내가 전하고자 하는 바는 그런 의미가 아니라 오히려 회사 생활과 개인 생활에 균형이 있어야 함을 강조한 것이다.

포스코는 철강회사라 사람들이 딱딱하고 만사가 군대식으로 처리될 거라 생각하기 쉽지만, 의외로 가족적인 따뜻함이 물씬 풍기는 알부남(알고 보면 부드러운 남자)이 많은데 나도 그 중 하나라고 자부하고 싶다.

포스코 사운영회의는 임직원들이 공유할 만한 경영실적이나 경영정보를 초급간부들이 보고하고 정보를 공유하는 자리로서 이러한 자리에서 임원인 내가 직접, 그것도 민영화 후 즐거운 직장 분위기 조성의 필요성에 대해 "여러분의 밝은 미소와 세련된 매너 안녕하신지요?" 라는 주제로 발표한 것은 파격적이었다고 회자되곤 한다.

무엇보다도 급변하는 환경에 적응하기 위해서는 경쟁자의 위치를 알면서 남보다 빨리 생각하고 빨리 행동하는 민첩성을 기르는 것이 필요하다. 나는 타이밍을 강조하여 덜 완벽하더라도 때를 맞추는 것을 훨씬 더 중시하고 무조건 열심히, 많이 일하기보다는 중요도가 높은 일부터 먼저 찾아서 하는 경중완급(輕重緩急)의 조절 능력을 강조한다.

나는 역지사지(易地思之)로 상대를 배려하는 여유와 유연성을 가지고, 일이 제대로 효과를 보려면 관련된 사람들과 먼저 공감대를 형성하여 이를 받아들일 수 있도록 하는 '동의(Consensus)와 수용성'을 중시했다. 즉, 경중완급과 역지사지는 나의 기본 업무철학이다.

또한 나는 모든 인연을 아끼고 챙기는 사람으로 기억되는 일이 흐뭇하다. 특히 모든 직원과 업무협의를 할 수는 없지만 회사문화를 개선하기 위한 연극 하는 아이디어, 가족 동반 파티를 통한 직원가족과의 일체감 형성, 연말 동료들과 나누고 싶은 글을 공유토록 하게 한 일 등 여러 가지 행사를 통해 즐거운 분위기를 만들고자 노력했다.

인간이 신이 아닌 이상 사람이라면 누구에게나 허물이 있고 또 자신의 평가보다 세상의 평가는 더욱 냉혹하다는 것을 잘 안다. 하지만 때로는 왕자병에 걸려 마치 풍차를 향해 돌진하는 돈키호테처럼 목표를 향해 달려가는 것도 아름다운 생의 한 방법이 아닌가 하는 생각을 해 본다.

기업지배구조

일제 36년의 강점기에 대한 좋지 않은 기억 때문에 국민들은 '지배'라는 단어에 좋지 않은 감정을 가지고 있지만, 기업지배구조 속에 들어 있는 '지배(Governance)'라는 단어는 괜찮은 뜻으로 사용된다.

우량기업으로 여겨지던 미국의 에너지 기업 엔론(Enron)이 하루아침에 몰락한 데는 여러 가지 이유가 있는데 가장 큰 이유는 제대로 된 기업지배구조를 구축하지 못했기 때문이라고 생각한다.

일반적으로 기업지배구조란 주주, 이사회, 경영자 그리고 기타 이해 관계자들 간의 상호작용 관계를 규정하는 총체적

메커니즘을 의미하며, 다른 한편으로는 기업의 이해 관계자들이 각자 최적의 이해관계를 유지하고 확보하기 위한 기업의 소유구조, 의사결정구조, 경영관리구조 등이 통합된 시스템을 뜻한다.

쉽게 얘기하면 가정에는 가정을 이끌어 나가는 부모님이 계시고 부모님의 기본 뜻이 집약된 가훈이 있듯이, 회사에는 기업을 이끄는 기본으로 기업지배구조가 있다. 즉, 회사는 기업지배구조를 정점으로 주주총회, 그 아래에 이사회와 경영진이 있어서 기업이 경영되고 있다.

포스코의 경우 설립시에 박태준 명예회장이 박정희 대통령께 건의해 상법상의 주식회사 형태로 출발했기 때문에 비록 공기업이었지만 비즈니스하기에는 좋은 구조를 갖추고 있었다. 그렇지만 민영화를 앞두고 지속적인 발전이 가능한 지배구조가 무엇인지에 대하여 고민하지 않을 수 없었으며, 회사에서는 맥킨지(McKinsey)에 자문을 의뢰하고 세계적인 우량기업들의 지배구조를 벤치마킹하여 1999년 3월에 글로벌 전문경영체제(GPM: Global Professional Management)를 도입하였다.

GPM은 소유와 경영이 분리된 전문경영체제로서, CEO를 중심으로 한 전문경영진의 책임하에 경영이 이루어지고, 사외이사 중심의 독립적인 이사회가 전체 주주의 이익을 대변하여 경영진을 감독하고 경영성과를 평가하는 기능을 수행하는 제도이다.

나는 포스코의 영속적인 성장을 뒷받침할 수 있는 좋은 기업지배구조를 만드는 데 심혈을 기울였다. 그 이유는 회사가 민영화되고, 글로벌 초우량기업으로 발전하기 위해서는 기업지배구조를 선진화하지 않으면 안 된다고 생각했기 때문이다.

포스코는 현재 GPM체제 구축에 만족하지 않고 이사회의 독립성 강화를 위해 이사회 내 사외이사 구성비중을 60%로 확대하였고, 사외이사 후보 추천자문단 제도를 운영하고 있다. 또한 집중투표제, 서면투표제를 도입하여 주주의 권리보호를 강화하였고, 계열회사 등 특수관계인과의 거래 투명성 제고를 위해 '내부거래위원회'도 설치하였다.

스탠포드 대학의 황승진 교수는 GE처럼 계속해서 훌륭한 CEO를 선발할 수 있는 시스템을 갖춘 기업이어야 위대한 기업이 될 수 있다고 하였다. 한 명의 걸출한 CEO 때만 융성하고 그 이후에 좋은 CEO가 승계하지 못하면 그 기업은 무너질 수 있기 때문이다. 짐 콜린스(James C. Collins)도 그의 저서 『Good to Great』에서 좋은 기업을 넘어서 위대한 기업이 되기 위해서는 좋은 기업지배구조를 구축하는 것이 필수적이라고 강조하였다.

국내에 개념조차 생소했던 상황에서 기업지배구조에 대해 배우고 익히며, 마치 한 채의 집을 짓듯 회사의 큰 틀을 설계할 수 있었던 것에 대해 큰 보람을 느낀다.

기분 좋은 신년

가화만사성(家和萬事成), 잘되는 집안은 분위기부터 다르다고 한다. 가족 구성원들이 서로 신뢰하며 화목한 분위기를 연출한다. 잘되는 가정처럼 잘 나가는 기업에서도 하모니를 느낄 수 있다. OB와 YB, 최고 경영자에서 말단 사원에 이르기까지 목소리는 다르지만 아름다운 하모니를 연출한다.

포스코의 성공요인 가운데 빼놓을 수 없는 것이 화합의 전통이다. 노사화합은 기본이거니와 회사의 성장 기반이 된 지역사회와의 화합, 다양한 이해관계자의 화합 등 상생의 정신을 바탕으로 하모니를 창출해 왔다.

을유년 새해(2005)를 맞아 포스코를 성장 발전시키는 데 중추적인 역할을 하셨던 역대 최고 경영자들이 현재 CEO인 이구택 회장의 초청에 의해 신년 인사회를 가졌다. 전직 CEO였던 황경로 회장, 정명식 회장, 김만제 회장, 안병화 사장, 박득표 사장, 조말수 사장, 이대공 포스코교육재단 이사장, 여상환 전 부사장과 함께 현 이구택 회장, 강창오 사장, 윤석만 부사장 등이 모였다.

신년 하례회에서 여러 가지 얘기가 나왔는데 포스코가 세계적인 회사로 성장한 것에 대해서 당신들도 중추적인 역할을 하셨기에 자부심을 느끼면서 많은 덕담을 하셨고, 현 최고경영자의 성장전략에 대한 설명도 들으며 나라 경제에 대해서 많은 의견을 나누었다.

참석하신 분들은 어느새 백발이 성성하게 변해 있었지만 자신이 애써 가꾸었던 포스코에 대한 애정만은 변함이 없었다. 신문이나 방송에서 회사 로고만 보아도 기분이 좋다는 말씀 뒤에는 기사를 꼼꼼하게 읽고 계시는 모습을 떠올릴 수 있었다.

참석하신 분들은 회사의 미래에 대해 진지하게 고민하셨던 내용들을 하나둘 풀어놓았다.

김만제 전 회장님은 경제부총리를 지내신 경제학자답게 우리나라가 보다 글로벌화 되어야 한다고 강조하셨고, 포스코가 외국인 지분이 70% 가까이 되는 것도 크게 문제가 되지 않고

경영을 잘 하면 모든 것이 해결된다는 의견을 피력하셨다. 정명식 전 회장님이 외국인 자본이 들어왔을 때 경영성과에 따라 자유롭게 배당할 수 있도록 하는 것이 맞다고 하시는 반면 황경로 전 회장님은 그럼에도 불구하고 나라를 건실하게 지켜내기 위해서는 적정한 통제, 제재가 불가피하다는 말씀을 하셨다. 박득표 전 사장님은 공기업시 포스코의 저배당 정책이 포스코 내실을 다지는 역할을 했다는 말씀을, 그리고 안병화 전 사장님은 해외진출 전략에 대해서 질문을 하시는 등 많은 관심을 보였다.

포스코가 오늘과 같이 성장하게 된 데에는 여러 가저 이유가 있겠지만 전현직 CEO가 한자리에 모여서 허심탄회하게 의견을 개진할 수 있는 그것 자체가 아주 소중한 포스코의 좋은 기본(Fundamental) 가운데 하나가 아닌가 생각한다.

마침 함께 한 자리에 포스코인의 혼과 땀이 배인『포스코 35년사』 책자가 있었다. 역대 CEO들은 역사가 제대로 기록된 것에 대해서 그리고 앞으로의 발전이 더 중요하다는 이야기를 나누었다.

신년 하례회를 마치면서 로마가 하루에 세워지지 않았듯 기업의 전통 또한 하루아침에 만들어지지 않았음을 가슴으로 느꼈다. 뺄셈이 아니라 덧셈의 철학으로 화합하고 통합하고 힘을 모으는 지혜야말로 포스코가 가진 가장 큰 경쟁력의 요인이 아닐까 생각한다.

때 늦은 후회

어떻게 보면 삶이란 반성하며 살기에도 벅찬 시간이다는 생각이 들 때가 있다. 회사에서 집으로 돌아와 하루를 정리할 때, 한 해를 보내며 일 년을 정리할 때, 잘했던 일보다는 잘못했던 일들이 더 크게 떠오르곤 한다. 혹시 나로 인해 상처받은 사람들이 없었는가, 서운한 감정을 품은 사람은 없었는가 반성해 보지만 그때는 이미 늦은 것이다.

사람들이 건강을 잃고 나서야 때늦은 후회를 하면서 건강의 소중함을 알게 된다는 것은 이미 상식이다. 그러나 건강을 위해 꾸준히 실천하는 사람은 드물다. 나는 때늦은 후회를 하지 않기 위해 항시 수첩에 비만도, 혈압, 혈당, GOT, GPT를 관리하고 있다. 질병은 유전적 요소도 일부 있겠으나 기본적으로 음식 먹는 습관에서 유발되는 게 많지 않은가 생각된다.

내가 2003년 미얀마 출장에서 들은 애기에 의하면 미얀마인은 1인당 국민소득이 연간 100달러로 세계에서 가난한 나라 중 하나지만 무더운 지방에서 나쁜 기름에 음식을 많이 튀겨 먹어서 의외로 심장병이 많다고 한다.

부부관계에서도 젊었을 때, 직장 다닐 때 잘하라고 사람들은 충고한다. 대개의 중년 남자의 경우 회사 일에만 매달리고, 접대다, 골프다, 등산이다, 바둑이다, 낚시 등 남자만의 취미를 핑계 삼아 아내를 소홀히 하는 경우가 많다. 알게 모르게 한눈 팔다 이혼까지 가거나, 일부 여자들은 참고 참다가 직장 그만두면 이혼신청까지 가는 경우가 많다고 한다. 일본말로 '타소가레리콘'이라 부르는 황혼이혼이 일본의 일부 계층에서 유행하고 있는 것도 있을 때 잘하라는 말과 무관치는 않는 것 같다.

수많은 때늦은 후회 중에서 가장 지키기 어렵고 가슴아픈 것이 있다면 그것은 부모에 대한 효인 것 같다. 부모님 살아생전에는 존재의 소중함을 느끼지 못하다가 떠나시고 나면 그 빈 자리가 커 보이게 된다.

우리 부부는 올해 설 명절 때도 예년과 다름없이 아들과 함께 고향에 다녀왔다. 어느 방송에서 전국적으로 2,700만 명이 이동한다고 하니 대단한 수치다. 물론 중국인들도 고향을 찾는 귀소본능이 강하긴 하지만 우리 국민들도 그에 못지 않다. 설날이나 추석에 고향과 부모, 형제를 많이 찾는 것은 한국인의 조상과 부모를 섬기는 큰 장점이라고 생각한다.

자식들의 입장에서 보면 낳아준 부모님이고 때 되면 찾아뵙고 안부 전화 하는 정도이고 생활의 일부이지만, 부모 입장에서는 자식들이 잘 살고, 잘 되는 것이 거의 전부이고 유일한 희망이며 삶의 보람이라 말할 수 있다.

나의 아버지는 59세에 돌아가시고, 어머니는 88세로 시골에서 혼자 살고 계신다. 어머니께서는 대기업 부사장인 큰아들과 목사인 둘째아들이 그렇게 자랑스러운 모양이다. 우리 형제 부부는 살아계실 때 잘해 드리려고 나름대로 노력하고 있지만 아마도 어머니 입장에서는 부족한 부분도 많을 것이다.

일찍 돌아가신 아버지에 대해서는 회한이 많다. 아버지가 위암으로 고통받고 계셨을 때, 매주 토요일 큰아들이 김제 고향에 오기만을 학수고대 하셨는데 회사 사정상 못 갔을 때 그렇게 아쉬워하고 섭섭해 하셨다고 어머니께서 전해 주셨다. 또한 위암 진단이 나왔을 때 간곡히 수술을 권유해도 거부하시더니, 수술도 할 수 없는 막상 돌아가실 때쯤은 "반대했어도 수술을 했어야지" 하는 원망을 하셔서 마음이 많이 아팠다. 다만 돌아가실 무렵엔 천주교에 입문하여 '바오로' 라는 세례를 받으시고 편안하게 소천하셨다.

이번 설 전날에는 아내와 함께 김제 선친 산소에 들렀다. 나를 대학에 보내 주시고, 오늘의 우리 내외가 있게 해 주시고, 우리 형제와 온가족이 건강하고 각자 위치에서 역할을 잘할수 있도록 늘 보살펴주시는 선친께 감사하다는 마음을 전하였다.

포스코 박태준 명예회장이 1992년 광양 준공 후 박정희 전 대통령 묘소에 가서 제철소 건설 대역사 준공을 보고한 것처럼 34년간 포스코에서 근무를 무사히 잘 마치게 된다고 보고하고, 문중 대소사를 주관해 챙기신 선친께 앞으로도 자랑스런 아들이 되고자 다짐하였다.

88세의 노모가 살아 계실 때 더 잘 해드려야지 하는 마음과 돌아가신 선친께 더 잘 했어야 했는데 하는 반성이 교차하였다.

역지사지(易地思之)

우리가 때때로 사용하는 역지사지란 사자성어는 처지를 바꾸어 생각한다는 사전적 의미를 담고 있다. 즉, 내 입장이 아니고 상대의 입장에서 사물을 판단하거나 처지를 이해해 보자는 것이다.

의욕이 넘쳤던 젊었을 때만 해도 이런 용어가 좀 낯설고 어쩐지 외래어 같기도 해 나와는 상관없는 단어 같았다. 그러다가 삶의 연륜이 쌓여가면서 거래처와 부딪치는 일이 잦아지고 직원의 인사평가시 고민하게 되고, 또 각종 경영정보 자료를 모으는 입장에서 어려움을 겪다 보니 상대방의 처지에서 봐야겠다는 필요성을 점차 터득하게 되었다.

그러나 이론과 실제가 다르듯 일상 속에서 역지사지를 떠올리며 상대방의 입장에서 생각하는 것은 쉽지만은 않다. 며느리가 마음에 들지 않을 때 나무라지만 딸이 마음에 들지 않을 때는 그냥 정으로 덮어가고 마는 것이 우리의 인지상정이다. 며느리를 딸로 생각하면 더 정들고 못마땅할 것이 없을 것이라는 내 말에 아내는, 말은 그럴싸하지만 어려운 일이라며 딸은 딸이고 며느리는 며느리라고 한다.

직원의 근무성적 평가, 승진을 위한 평가시에도 자기가 상사로부터 평가받는 것을 생각해 보면, 다시 말해 입장을 바꿔 생각해 보면 업무하는 데 있어서 보다 신중해지지 않을까 생각해 본다. 포스코가 고객중심으로 PI(Process Innovation)를 하기 전에, 거래처 친구가 푸념한 적이 있다. 포스코는 철강제품을 팔 때도 갑이고, 그 철강재로 부품을 만들어 포스코에 팔 때도 포스코가 갑이라고 푸념한다. 증거를 대라고 하면 웃고 넘어간다. 계약서가 중요한 게 아니고 포스코와 거래하는 많은 분들이 부지불식간에 심리적 위압감을 느끼는 듯하다.

몇 년 전 연세대 문정인 교수가 남북정상회담이 성사된 것은 한민족 평화를 위해서 김대중 전대통령이 역지사지의 정신을 실천했기 때문이라는 해석을 하는 것을 TV를 통해 보았다. 나는 전적으로 그 말에 공감을 한다.

우리가 각자 가정생활이나 조직생활에서, 또는 국가간 외교에서, 상대의 입장이 되어 바꿔서 생각해 보고 배려해 주면 얼마나 일이 잘 풀릴까. 특히 군사적·경제적으로 미국과 같은 강대국이 약소국 입장에서 생각해 보면 어떨까. 부자가 가난한 사람 입장에서, 기독교·불교가 상대 종교의 입장에서 생각해 보면 국가간 또는 종교간 분쟁이 얼마나 많이 해소될까.

결혼식에 참석해 보면 '이제 부부가 되었으니 부부는 일심동체이고 어떠한 경우에도 서로 이해하고 사랑하라' 는 주례사를 많이 들을 수 있다. 그러나 나는 이런 주례사가 더 공감이 간다. 즉 '부부가 되었지만 서로 성장해 온 과정이 다르고 성품도 다르니 서로서로 다른 점을 이해해 주고 존중해야 한다' 라는 말이.

역지사지의 뜻을 제대로 파악하고 일상에서 실천할 수 있다면 가정의 평화는 물론 조직생활도 매끄럽게 할 수 있고, 세계의 평화도 앞당길 수 있다는 것이 나의 지론이다.

모든 것에는 때가 있다

높은 직위에 있는 사람이나 낮은 직위에 있는 사람이나 돈이 많은 사람이나 가난한 사람이나 아무리 덕망 있는 교수나 일류 배우도 때가 있는 법이다. 이런 큰 원리를 발견한 사람은 다름아닌 한국의 유명한 목욕탕 때밀이들(?)이다.

북아메리카에 엄연히 인디언이 많이 살고 있었음에도 콜럼버스가 1492년에 신대륙을 발견했다고 하는 억지와 엉터리 역사를 나는 때가 있는 역사라고 믿고 있다. 하기야 나도 양심에 비추어 볼 때 다른 사람의 단점을 이야기하고, 흉을 보고, 아내와 함께 가면서도 예쁜 여인에게 눈길이 가는 등 때가 많은 사람이다.

　성경에 남의 눈의 티끌은 크게 보이고 자기 눈의 들보는 작게 보인다는 말도 있지만 일반적으로 타인의 장점보다는 약점이 크게 보인다. 예를 들면 좋지 않은 거래처 매너, 여자 관계, 주사 등 부정적 소문은 사실 여부를 떠나 좋은 소문보다 10배 이상 소문이 잘 나고, 입력이 잘되어 인사부서에 한번 들어가면 빠져 나오질 않는다.

　높은 사람이 바람직하지 않다고 생각한 일들을 했을 때 높으신 본인은 정작 직원들이 모를 것이라고, 비밀이 지켜질 것이라고 착각에 빠지는 경우가 많지만 평소 높은 사람의 일거수일투족을 주시하고 있는 직원들이 이를 모를 리가 없다. 특히 글씨를 쓰거나 PC로 친 내용은 비밀이 지켜지기가 거의 불가능하다고 생각된다.

　이처럼 때라는 말은 몸의 피부에 있는 때, 마음 속의 때로 인식되지만 시간이나 시절을 나타내는 중의적인 뜻으로 쓰이기도 한다. 영어로 때는 어느 시절, 어느 기간인 When, The time period, Timing 등으로 다양하게 쓰인다. '누가 시간의 시작과 끝을 보았다 하는가' 의 시문구가 있기는 하지만 인생살이는 각 단계마다 타이밍 즉 제때라는 것이 매우 중요하다. '있을 때 잘해' 의 노랫말은 돈이 있을 때 좀더 베풀고, 좋은 지위에 있을 때 아랫사람, 거래처 등에 매사에 긍정적으로 임하라는 뜻으로 이해하고 싶다.

이제는

이제는

꾸미지 않으며 살고 싶다

가능한한 다른 사람을 의식하지 않고

살고 싶다

이제는

내 작은 체구에 걸맞는 옷을 걸치고

매운 세상의 바람이 가슴을 치는

무수한 삶의 심정들에 뒤엉켜

자기를 표시하려는

아우성 속에서

들었던 손도 내리고

세상에 살면서

내세울 것보다는

이루지 못한 것들이 많아 아쉽기는 하지만

더러 어렵게 성취한 것들 중에도

내 것이 아닌 것들은 이제 돌려 보내고

소중한 인연들을 가꾸며

내가 소중하다고 생각하는

삶의 가치를 추구하면서

살고 싶다.

그리하여 세상이 내 자신을

초라하게 인정하더라도

맑은 물이 자신의 속을 숨기지 않듯

그러한 삶을 살고 싶다.

이 시는 『가을에』라는 박남원님의 시를 읽고나서 있을 때 좀 더 잘할 수 있었을 텐데 하는 아쉬운 심정으로 앞으로의 마음 다짐을 나에게 맞게 패러디한 시이다.

있을 때 잘해야 한다는 말은 개인사뿐 아니라 회사에도 적용된다. 미래를 대비해서 회사가 큰일을 하려면 소위 회사가 잘 나가고 있을 때 미래를 위해 여러 가지 구조조정도 해야 한다. 회사 차원에서 여러 가지 요소를 충분히 감안해서 큰 원칙을 세우되, 그 추진과정에서 작은 부작용이 발생하고 저항에 부닥쳐도 중간에 궤도수정을 가급적 하지 않아야 한다는 게 내 지론이다.

다만 구조조정, 희망퇴직, 정년임기 종료로 청춘을 바치고 회사를 그만 두는 경우, 그분들의 심리상태까지 감안해서 여러 가지 미세 관리를 해 주어야 하지 않을까 생각한다.

삶의 지평선을 바라보며

저   자 / 최광웅
펴낸이 / 孫貞順
펴낸곳 / 모아드림

1판 1쇄 발행 / 2005년 5월 2일
1판 5쇄 발행 / 2005년 6월 13일

서울 서대문구 북아현3동 180-22
전화 / 365-8111~2
팩시밀리 / 365-8110
E-mail / morebook@korea.com
        morebook@morebook.co.kr
http://www.morebook.co.kr
등록번호 / 제2-2264호(1996.10.24)

기획 | 박시교 박근영
편집 | 이기라 손순희
디자인 | 오경은 김민정
영업 | 南鍾譯 설동근
관리 | 이용승

ⓒ최광웅
ISBN 89-5664-070-X

값 9,800원